Rainer Merkel

Lichtjahre entfernt

Roman

S. Fischer

Der Autor dankt der Jürgen-Ponto-Stiftung
und dem Herrenhaus Edenkoben.

2. Auflage September 2009

Satz: Pinkuin Satz und Datentechnik, Berlin
Druck und Bindung: GGP Media GmbH, Pößneck
Printed in Germany
ISBN 978-3-10-048442-0

Für meinen Vater

»Bis dahin hatte ich nur darauf gewartet, aber jetzt hatte ich endlich begriffen, daß ich keine Minute länger warten durfte, daß ich, wenn ich glücklich sein wollte, es augenblicklich sein mußte.«

Emmanuel Bove

Teil Eins

1

Die Hitze ist so stark, lastet so schwer auf einem, dass man sie immerfort beiseiteschieben und wegdrängen will. Ich lasse das Wasser im Bad laufen, während ich im Wohnzimmer vor der orangenen Couch stehe, auf der Judith vor fünf Tagen geschlafen hat. Die Hitze schiebt sich wie ein großes mehrdimensionales Gebilde in die Wohnung, als drängte der gesamte Atem der Stadt, die Ausdünstungen von ganz Brooklyn in das Zimmer hinein. Ich schaue auf die Couch. Das leuchtende Orange ist eine eigentümliche Radikalisierung, eine fast comichafte Wiederholung ihrer Haut. Die Couch, plötzlich erhellt, unwirklich geworden, überbelichtet, wie ausgebleicht. Sie hat nicht einmal ein Laken benutzt, es sich aber gefallen lassen, dass der Ventilator nur auf der untersten Stufe läuft. Ich habe noch eine Stunde, höchstens anderthalb. Immer wieder halte ich inne. Gehe die Stationen im Einzelnen durch. Das heißeste New York seit Jahren. Schon am Sonntag auf dem Dampfer auf dem Hudson River, bei meinem Ausflug mit Mads Christiansen, kam mir der Verdacht, es wäre vielleicht besser gewesen, doch nach Washington zu fahren. Aber wieso soll ich nach Washington fahren, wenn sie genauso gut nach New York kommen kann und wir sogar eine Wohnung für uns ganz allein haben? Aber ich lasse mich auf einen Machtkampf mit ihr ein. Noch dazu in einer Wohnung, die keine Klimaanlage hat. Nicht im Geringsten habe ich an sie gedacht, als ich den Ventilator gekauft habe. Trotzdem würde ich alle verfügbaren Ventilatoren, die in diesem Sommer in New York zu bekommen sind, für sie kaufen. Ich hätte die Wohnung von Michael und Janette mit Ventilatoren bestückt, mit Dutzenden, mit Hunderten von ihnen. Allein in dem kleinen Billigladen an der Ecke Grand Street/Leonard Street hätte ich alle verfügbaren Ventilatoren gekauft, auch den mannshohen, der mich, wie er im Geschäft zu Demonstrationszwecken auf einem Karton aufgestellt ist, sogar leicht überragt. Die Hitze macht ihr nichts aus. Sie ist immun dagegen. Sie schwitzt noch nicht mal. Sie sagt, die Wohnung sei schön, aber sie sagt es erst, nachdem wir sie schon wieder verlassen haben. »Möchtest du wirklich nur eine Nacht bleiben?«, frage ich, als wir in dem koreanischen Restaurant in der Grand Street sind. Ich habe den großen Ventilator nicht gekauft, weil er mir zu klobig erschien. Auf höchste Stufe gestellt, erreicht auch der neue nur dann einen Kühlungseffekt, wenn man sich direkt vor ihn stellt. Er läuft ununterbrochen, nur nachts stelle ich ihn aus. Ein wie wahnsinnig rotierendes Plastikgebilde, bei dessen Anblick man immerzu fürchtet, es würde sich selbständig machen, sich in Bewegung setzen und die Wohnung, selbst auf der Suche nach Kühlung, verlassen, mit unbeholfenen ruckenden Schritten durch die Grand Street bis an die Kreuzung Grand Street/Leonard Street, um dort voller Verzweiflung vor den Schaufenstern des geschlossenen Geschäfts, aus dem es stammt, stehen zu bleiben und immerfort mit seinen Plastikrotorblättern wedelnd auf Erlösung zu warten. Das orangerote Velours der Couch. Die Schweißtropfen, die nicht verdunsten und Flecken hinterlassen. Und wie Judith sich auf einmal einfach auf die Couch legt und ich auf das Doppelbett. Ein misslungenes Wochenende, ein außer Kontrolle geratener Machtkampf. Oder einfach ein Zeichen von Erschöpfung?

Jetzt, eine Stunde vor meinem Abflug, habe ich den Ventilator ausgeschaltet. Vielleicht weil ich mich mit der Hitze bestrafen will oder weil ich mich mit einer kindlichen Begeisterung auf die kalte Dusche freue, auf die jetzt alles zusteuert, der letzte Akt, bevor ich New York verlasse. Wir verbringen nur eine Nacht zusammen. In getrennten Betten, die so weit voneinander entfernt sind, dass wir uns noch nicht mal die Hand geben können. Vielleicht ist es nur eine Episode in einer langjährigen Beziehung, über die man später lachen kann. Ich packe das grüne Plastikkreuz ein, das ich ihr bei der Verabschiedung zu geben vergessen habe. Die dunkelbraune Papiertüte mit dem leuchtend grünen Kreuz, billiger, zerbrechlicher Designerschmuck, mit dem ich ein Lächeln auf ihr Gesicht, wie ich nicht anders sagen kann, zaubern wollte. Wir verlassen das Restaurant und laufen die Grand Street entlang. Etwas von ihrer anfänglichen Begeisterung kehrt wieder zurück, als ich ihr das Geschäft zeige, in dem ich den Ventilator gekauft habe, und den Supermarkt, in dem man sich immer so fühlt, als sei man in Südamerika. Für einen Moment bleibt sie vor dem verbarrikadierten stockdunklen Laden stehen, während ich erzähle, wie die Kinder der Besitzer einem die Einkäufe immer in Plastiktüten packen und dann sogar noch bis zur Straße tragen. Tagsüber reiht sich hier ein Geschäft an das andere, und in der Nacht taucht dann auf einmal zwischen all den heruntergelassenen Rolltoren eine kleine Bar auf, die Blue Mountain heißt. Unter normalen Umständen würde sie ihr gefallen, aber sie will noch nicht mal ihren Cocktail austrinken und versinkt in dem großen Sessel neben der Fransen-Stehlampe, die direkt am Fenster steht. »Und wo ist jetzt deine Wohnung?«, fragt sie. Sie versucht mit aller Kraft den Eindruck zu erwecken, als würde sie den

Abend genießen. Wir laufen durch New York. Wir laufen durch die Hitze. Den ganzen nächsten Tag, als hätten wir nichts Besseres zu tun. Und ich denke in diesem Moment, dass Judith doch ein ganz anderer Mensch ist als Gabriela und dass man sie kaum miteinander vergleichen kann und es auch keinen Sinn macht, es immer wieder zu tun. Wenn Gabriela etwas nicht gefällt, wird sie sofort wütend, während Judith immer ganz ruhig bleibt. »Da oben«, sage ich und zeige auf den dritten Stock. Es ist ein Witz. Wir verbringen nur eine Nacht zusammen. Judith trinkt den Cocktail aus, aber nur weil ich sie darum bitte. Sie leert das Glas in einem Zug, und das wiederum ist etwas, das Gabriela nie tun würde.

Plötzlich ergraut und verhärtet sich alles. Die zerrissenen Fliegengitter vor den Fenstern. Die wackeligen Regale, die mit Industrielack angestrichen sind. Das enge klaustrophobische Bad, dessen Eingang direkt neben dem Elektroherd liegt. New York ist an diesem Tag diesig und schwermütig. Alles hält die Luft an, bevor die Hitze ihren Höhepunkt erreicht. Mein Flug geht in drei Stunden, aber ich habe die Wohnung noch immer nicht aufgeräumt. Direkt neben dem Bett vor dem zubetonierten Kamin auf einem großen Stapel mit Ausgaben der Zeitschrift *n+1* steht der Wecker. Der Alarm ist auf sieben Uhr gestellt. Als wäre das eine Formel, eine Zustandsbeschreibung. n+1. Als könnte das Glück bringen. Aber ich bin schon eine Stunde früher aufgestanden. Ich sage zu ihr: »Wollen wir nicht spazieren gehen? Wollen wir uns nicht New York anschauen?« Wenn sie in München am Wochenende tanzen gehen will, ist ihre Vorfreude immer so groß, dass ich schon allein deswegen mitkomme, um zu erleben, wie glücklich sie ist. Sie schaut auf die Speisekarte. Es fängt alles ganz normal an. »Wie sieht sie denn aus?«, fragt sie, als würde sie eine ganze Woche bleiben. Sie sagt: Deine Wohnung. Sie gehört Michael und Janette. Es ist allenfalls »unsere« Wohnung, zumindest an diesem Wochenende. Es ist ihre Spezialität, ihr intuitives Verständnis von Zeiträumen, in denen sich unser Schicksal verengt und sich meine Unfähigkeit, schnell zu reagieren, so zuspitzt, dass ich am nächsten Tag vier Meter vor der elektrischen Schiebetür des Port Authority Bus Terminals, kurz bevor sie nach Washington zurückfährt, auf einmal alle Kommunikationsfähigkeit verliere und minutenlang gar nichts mehr sage. Dabei fahre ich nicht mit, dabei steige ich gar nicht in den Bus ein. Eine Frage drängt sich mir in diesem Moment auf, während ich in der Küche vor dem Regal stehe und überlege, ob der Staub, der sich wie ein Schleier über das arabisch aussehende Tongefäß gelegt hat, von mir stammt und wie er sich während meiner Anwesenheit dort so schnell gesammelt hat. Nämlich die Frage: Hat ihr die Stadt etwa nicht gefallen? Ist sie von New York enttäuscht? Ihre Augen bekommen einen merkwürdigen Glanz, als wir vor dem kleinen Haus mit der Wellblechfassade stehen, in dem Michael und Janette wohnen. Während wir noch auf dem Weg zur Wohnung die ganze Zeit über das Buch, das Kyra ihr geliehen hat, sprechen und ich das Gefühl habe, sie würde mich mit einem ihrer Akademiker-Freunde verwechseln, ist sie jetzt auf einmal ganz übermütig und verspielt. Es ist etwas, das ich schon einmal einem Klienten erklärt habe, als es darum geht, eine traumatische Erfahrung zu bearbeiten, und ich ihm sage, dass man solche Erinnerungsräume sehr wohl noch einmal betreten könne und dass man dabei selbst entscheiden kann, wie lange man in ihnen verweilt, und dass man auch das Recht hat, diesen Raum für sich anders zu gestalten und zu verändern, sofern es dem eigenen psychischen Gleichgewicht dient. Als es bei meiner letzten Stunde mit Lambert zu einer Auseinandersetzung kommt, sage ich ihm, dass es mir leidtäte, dass es ausgerechnet jetzt passiert sei, es würde auch mich belasten und er könne versichert sein, dass wir genau an der Stelle bei meiner Rückkehr wieder anknüpfen und genau dort weitermachen würden. Ich sage zu ihm: »Wir fangen genau an der gleichen Stelle wieder an.« Und um ihn zu beruhigen, mache ich mir in meinem Kalender sofort einen Vermerk. »Jetzt guck dir das an«, sagt Judith. Sie hat sich die Handtasche über die Schulter gehängt und schaut nach oben.

In meiner Erinnerung konzentriert sich diese Nacht auf genau diesen Moment. »Jetzt guck dir das an«, sagt sie und kneift die Augen zusammen. »Was meinst du denn?«, frage ich, während sie zu den Fenstern der Wohnung von Michael und Janette schaut. »Es ist niemand da.« »Wieso?« »Die Leute sind weggegangen.« »Welche Leute?« »Na die, die da wohnen.« Ich schaue auf die Fenster. Sie möchte nicht zugeben, dass sie müde ist und sich am liebsten sofort hinlegen will. Als wir das koreanische Restaurant verlassen, sagt sie noch: »Das ist total aufregend! Jetzt schauen wir uns Williamsburg an.« Dabei sind wir schon mittendrin. Sie hakt sich bei mir ein. Wir sind ein Paar, das sich gerade erst kennengelernt hat. Tatsächlich fühlt es sich so an, als würden wir ausgehen. »Vielleicht schlafen sie ja schon«, sage ich. »Und was ist, wenn sie nicht aufmachen?« »Dann klingeln wir sie raus«, sage ich. »Das lassen wir uns doch nicht bieten.« Sie lächelt. Wie hat ihr Gesicht vorher ausgesehen? In den fünf Jahren davor und in den zwei Tagen, während derer wir uns in New

York gesehen haben. Der Duschvorhang in der Wohnung von Michael und Janette ist so verschimmelt, dass ich ihn direkt nach meiner Ankunft mit einer Schnur zusammengebunden habe, um Judith den Anblick zu ersparen. Die Dusche sieht ohne Vorhang nicht besonders vertrauenerweckend aus. Sie besteht aus einem gemauerten Winkel im Badezimmer, zu dem man nur gelangt, wenn man sich zwischen Waschbecken und Toilette hindurchzwängt, um dann auf einmal wie unter einem Felsvorsprung zu stehen, unter dem das Wasser leise tröpfelt und dann unverhältnismäßig laut auf den Steinboden schlägt. Ich höre das Tröpfeln, als sie morgens unter der Dusche steht. Die Wassertropfen, die auf den Stein prallen. Das Wasser, das zu warm und zu unergiebig ist. Es sind diese Geräusche, die mich daran hindern, die Wohnung und auch New York zu verlassen. Der Duschvorhang, milchig weiß und mit seinen in Plastik eingeschlossenen Luftblasen, seinem grauen Schleier aus Schimmelflecken, wie er in aller Unschuld in der Ecke hängt. Die durchlöcherten Fliegengitter vor den Fenstern, die verstaubten Regale, die Ritzen und Spalten auf den Fußböden. »Wo sind diese Leute denn hingegangen?«, frage ich sie. »Die spazieren hier irgendwo rum«, sagt sie, sich an mich lehnend. »Vielleicht gehen die jetzt irgendwo noch was trinken.« »Jetzt?« Sie schaut auf die andere Straßenseite. Auf einmal hat sie das Interesse an der Unterhaltung verloren. Am nächsten Tag, als wir spazieren gehen, bleibt sie alle paar Meter stehen und muss sich ausruhen. Sie kriegt keine Luft mehr. Mads Christiansen hat mir einmal erklärt, dass Asthma eine »königliche Krankheit« sei, eine »auratische Krankheit«. Und dass er es nachvollziehbar fände, wenn Judith mit mir morgens nicht joggen gehen will, und dass sie keine Luft mehr bekommt, wenn ich nachts so schnell einschlafe. Ausgerechnet in New York. Das Königliche des Asthmas. Wie jede Bewegung hinterfragt und überprüft wird, wie man darauf achtet, dass man sich nicht verausgabt und sich immer im Gleichgewicht hält. Die Fortbewegung von A nach B und das Laufen an sich bekommt auf einmal etwas Unwürdiges. »Ja, die spazieren hier irgendwo rum«, sagt sie. »Die gehen noch aus.« Ich überlege, ob ich mich noch einen Moment hinlegen soll. Die Couch steht direkt am Fenster, und dort ist es vielleicht etwas kühler. Auf der Couch liegen die alten Ausgaben der New York Times. Zeitungen von einer ganzen Woche. Im Luftzug der Ventilatoren heben und senken sich die vordersten Seiten, und die Zeitungen scheinen sich mit Luft aufzupumpen und noch ein letztes Mal auf sich aufmerksam machen zu wollen. Irgendwo darunter muss das Buch von Kyra sein, das Judith vergessen hat. *The Mask of Anarchy*. Es muss irgendwo unter den Zeitungen liegen. »Wir fangen genau an der gleichen Stelle wieder an«, sage ich zu Lambert, in der letzten Stunde vor meiner Abreise aus München. Ich habe seine Stunde vorverlegt, und er ist jetzt der erste Klient, den ich nach meiner Rückkehr treffen werde. »Ich lasse Sie nicht hängen«, sage ich zu ihm. »Aber ich traue Ihnen schon zu, dass Sie zwei Wochen ohne Therapie auskommen.« Lambert schaut mich an. Ich bin mir nicht sicher, ob er die Therapie nicht einfach abbricht, so gekränkt wie er ist, und ich frage mich, während ich die Zeitung zusammenpacke und ins Badezimmer hinübergehe, ob das ohnehin nicht das Beste für ihn wäre. »Komm«, sage ich zu Judith. Ich versuche das Spielerische des Augenblicks noch aufrechtzuhalten. »Wir gucken mal.« Sie schaut zur anderen Straßenseite. Man hört Schritte, die langsam näher kommen. »Was?«, murmelt sie abwesend. Die Tasche rutscht ihr von der Schulter. »Was gucken wir?«, fragt sie. »Wir schauen mal, ob sie da sind.« Ich nähere mich vorsichtig der Haustüre und schaue auf das Klingelschild, auf dem gar nicht Michael und Janettes Namen stehen, sondern nur die Nummern der verschiedenen Wohnungen. »Die werden sich wundern«, sage ich. Es ist fünf Tage her, eine halbe Ewigkeit. Ich lege den Arm um sie, aber ich glaube, dass sie das gar nicht merkt, so abwesend wie sie auf einmal wirkt. »Die werden ihr blaues Wunder erleben«, sage ich und drücke auf die Klingel.

2

Es ist gar nicht die Nacht, die so ungünstig verlaufen ist. Es ist der Spaziergang. Der Sonntag, an dem wir durch New York laufen. Im Grunde laufen wir die ganze Zeit, ohne aber genau zu wissen wohin. Wir gehen aus dem Haus, frühstücken, und dann laufen wir. Ich mache dies vielleicht in dem Glauben, wir würden irgendein Ziel erreichen, irgendeinen Ort finden. Die Terrasse des Cafés in der Bedford Avenue, die Parkbank im Fulton Park, die Aussichtspromenade in Brooklyn Heights, die zwei dunkelblauen, viel zu engen, Beklemmungen auslösenden Sessel im obersten Stock des Cafés in der Montague Street und dann, so als hätten alle anderen Möglichkeiten keine Bedeutung, das Port Authority Bus Terminal. Die Warteschlange der Passagiere, die nach Washington fahren. Vier oder fünf, die noch vor uns sind. Drei Minuten, die uns noch bleiben, die wir mit Belanglosigkeiten füllen, obwohl es mir in diesem Moment wie ein Aufschrei durch den Kopf schießt: Noch drei Minuten und ich sehe sie die nächsten vier Monate nicht wieder. Am Abend im Restaurant habe ich noch gedacht, ich hätte einen ganzen Tag Zeit, sie zu überreden, noch länger zu bleiben, aber dann ist es auf einmal zu spät. Ich habe den richtigen Moment verpasst. Ich höre ein lautes Dröhnen, als ein Lastwagen in die Straße hineinfährt. »Vielleicht fängst du mal langsam mit dem Aufräumen an«, sagt eine innere Stimme. Eine Stimme, die erstaunlich rücksichtslos und brutal ist und die ich bei meiner Arbeit mit meinen Klienten zügeln muss. Eine Stimme, die aber auch von großem Nutzen sein kann und mich davor bewahrt, die Kontrolle zu verlieren. »Das klare Licht bricht in der Dunkelheit hervor«, heißt es in dem Haiku, der auf der Serviette abgedruckt ist, in dem kleinen koreanischen Restaurant, in dem wir essen. Es könnte der erste Haiku gewesen sein. Den zweiten habe ich direkt danebengeschrieben, sodass ich die beiden jetzt kaum noch auseinanderhalten kann. »Ja, ja, schrie ich, doch das Klopfen hörte nicht auf am verschneiten Tor.« Aus irgendeinem Grund habe ich sie ohne Zeilenumbruch abgeschrieben, und jetzt weiß ich nicht, wie sie zu unterteilen sind. Judith mag keine Haikus. Schon gar nicht in einem koreanischen Restaurant. Ihre Abneigung ist jedoch so unterschwellig, als versuche sie, die japanische Diskretion noch zu überbieten. Einmal sagt sie: »Ich mag ihn.« Und ich frage sie: »Magst du ihn wirklich? Den oder den anderen?« »Beide«, sagt sie. Aber es ist nicht die Wahrheit. Ich kann nicht sagen, dass ich glaube, sie lügt. Wie soll ich ihr das sagen? »Haben sie denn in Korea keine Haikus?«, frage ich. »Bestimmt nicht«, sagt sie. Wieso schreibe ich die Haikus ab, ohne den Zeilenumbruch zu beachten? »Das klare Licht« oder »das klare Licht bricht«? Ich könnte es rekonstruieren, man könnte das hinbekommen. Sie presst sich die Serviette gegen die Lippen. Es ist die größtmögliche Aggression, zu der sie fähig ist. »Das Klopfen am verschneiten Tor.« Ich muss es auswendig lernen, mir alles merken, solange die Erinnerung noch frisch ist. Ich habe noch immer das Bad nicht geputzt, und ich muss auch die Küche noch aufräumen. Stattdessen schaue ich aus dem Fenster. Einige weißgekleidete Arbeiter tragen die in Folie verschweißten Fleischstücke von der Ladefläche des LKW zu dem benachbarten Lagerhaus. Ich höre das Warnsignal eines zurücksetzenden Lastwagens und reiße die Seite mit den Haikus aus meinem Notizbuch heraus. Ich muss das Flugzeug bekommen. *Ja, ja, schrie ich.* Das Wohnzimmer habe ich schon geputzt oder zumindest das, was einem sofort ins Auge springt. Ich schalte den Ventilator wieder ein. »Jetzt wollen wir doch mal sehen«, sagt sie, während sie das gewellte Papier der Speisekarte vor sich ausrollt. In der Wohnung ist es so heiß, dass sich mein ganzes Leben auf einmal in einen einzigen Wassertropfen verwandelt, der in der Luft hängt. Er fällt nicht, er kommt nicht an, er verdunstet noch in der Luft. *Das klare Licht.* Noch immer stehe ich in Gedanken in der Wohnung, noch immer schaue ich auf die Schweißränder auf der Couch. Oder: *Das klare Licht bricht.* Ich muss unbedingt diese Haikus auswendig lernen, denke ich die ganze Zeit. Das ist das Wichtigste. Schon wieder fällt ein Schweißtropfen herunter. Immerhin lebe ich noch.

Er ist wie eine Schicht, die schützt und gleichzeitig an einem zehrt. Eine unsichtbare parasitäre Hülle, die aus einem herauswächst, um sich schon im nächsten Moment in Luft aufzulösen. Wie Kleidung, der man nicht traut, oder Kleidung, die sich selbst nicht traut. Eine Schicht, die zurückweicht. Etwas, das aus dem Körper flüchtet und nicht weit kommt. Etwas, das einen Blick nach draußen riskiert. Im Spiegel des winzigen Badezimmerschränkchens von Michael und Janette sieht es so aus wie eine ölige silberne Rüstung, die schwer auf den Schultern liegt. An manchen Tagen schwitze ich einfach so, ohne dass ich es merke, und es scheint keine Rolle zu spielen. Aber schon im nächsten Moment schwimmt der ganze Körper davon, und man verliert allen Halt. Ich klappe das Notizbuch wieder zu und gehe in die Küche. Ich lasse das Wasser im Bad laufen, während ich vor dem Ventilator auf dem Fußboden knie und das arabisch aussehende Tongefäß zusammenklebe. Als ich den Staub rund um das Tongefäß mit einem kleinen Schwämmchen zu beseitigen versuche, bricht das Regal in sich zusammen. Es ist eines der vielen unvorhergesehenen Ereignisse, die sich der Hitze und der nervlichen Anspannung verdanken. Ich habe Michael und Janette noch nie in meinem Leben gesehen, ich habe sie noch nicht persönlich kennengelernt, aber ihr arabisch aussehendes Tongefäß habe ich schon kaputt gemacht. Den Büchern in den Regalen zufolge beschäftigen sie sich mit Literaturwissenschaften und Philosophie. Janette macht Video-Installationen, jedenfalls hat mir das Mads Christiansen erzählt. Die Wohnung ist so schlicht, dass Judith sie gar nicht zur Kenntnis nimmt. »Wie findest du sie«, frage ich sie. »Sie ist ganz schön, oder?«, sagt sie. Etwas Schlimmeres ist aus ihrem Mund kaum vorstellbar. Ganz schön? Die Dielen haben langgezogene Risse, in denen sich Staub und Dreck sammeln, die Möbel sind alt und verschlissen, aber die Wohnung gefällt mir. In der Nachbarschaft gibt es viele kleine Betriebe und Lagerhallen. Flache Gebäude mit Rolltoren und Backsteinwänden, die mit Graffiti bemalt sind. Direkt nebenan ist das Kühlhaus einer Fleischverarbeitungsfirma, aber sonst gibt es nicht viel zu sehen. Der interessantere Teil von Williamsburg ist einige Straßenzüge entfernt, und Michael und Janette sind die Ersten aus der Kunstszene, die dieses Gebiet erschlossen haben. Lohnt es sich, das Gefäß wieder zu reparieren? Es sind mehr als ein Dutzend Teile. Ich drehe mich nach dem kleinen Plastikwecker um, den ich für einen Dollar gekauft habe. Der Plan, am Flughafen einen Kaffee zu trinken und in Ruhe Notizen zu machen, erscheint mir auf einmal unrealistisch. Judith sagt: »In Washington ist es genauso heiß, aber es macht mir nichts aus.« Sie ist vom ersten Moment an müde und erschöpft. Vielleicht, weil die Busfahrt so anstrengend gewesen ist und die langwierige Auseinandersetzung, die ihrem Besuch vorausgegangen ist, ihr die Laune verdorben hat. Sie trägt keinen Lippenstift. Sie hat noch nicht mal ihren Make-up-Koffer dabei, als ich sie am Busbahnhof abhole. »So ein Mist«, sagt sie. »Ich habe meinen Inhalator vergessen.« Für einen Moment bricht sie aus dem symphonischen Kosmos ihrer Harmonie aus und ist tatsächlich wütend. »Mist«, sagt sie. »Wirklich. Scheiße.« Sie beißt sich auf die Unterlippe. Für einen Moment scheint es denkbar, sie könne sofort nach Washington zurückfahren. Warum ich eigentlich nicht kommen will, hat sie einmal gefragt, bei einem unserer nächtlichen Telefonate, in der ersten Woche, als ich draußen in der lauen Abendluft vor dem an einer Hauswand angebrachten Telefon in der Grand Street stehe, den Verkehr im Rücken, ihre Stimme im Ohr, und ununterbrochen Geldstücke in den blauumrandeten Metallschlitz stecke. »Warum kommst du nicht zu mir?« Geldstück um Geldstück, als wäre es eine Vergnügungsmaschine, eine Stimmen-Peepshow, während sie in ihrer kleinen Wohnung in Washington sitzt, im zwölften Stock eines ehemaligen Hotels, und ihre fellartigen grünen Riesenhausschuhe trägt, nach denen ich am Ende fast noch mehr Sehnsucht habe als nach ihr selbst. Sogar Baltimore oder die Fahrt nach Paris steht jetzt in der Rangfolge unserer Reisen besser da, wenn man es mit dem Wochenende in New York vergleicht. Ich schaue auf die Couch. Das orangerote Velours der Couch. Die Schweißtropfen, die nicht trocknen und Flecken hinterlassen. Und wie Judith sich sofort hinlegt, kaum dass wir die Wohnung betreten haben. Es ist nur eine Nacht. Noch dazu auf zwei verschiedenen Betten. Wir laufen durch die Hitze. Aber wir schauen uns nichts an. Wir sind blind für die Sehenswürdigkeiten von New York. Eine Stadt, die sich aus unserer Umklammerung nicht befreien kann und ununterbrochen transpirieren und schwitzen muss. Und ich denke in diesem Moment, dass Judith beim Sex immer so aussieht, als würde die Welt untergehen, während Gabriela mich immer so ansieht, als hätte sie Grund, wütend auf mich zu sein, als sei sie verärgert, obwohl das ihre Art ist, Lust auszudrücken. Sie ist einen Kopf kleiner als Judith. Ihr im Vergleich zu Judith fast winziger und sich beim Sex geradezu verschluckender Körper. Ihr zimtfarbener, anbetungswürdiger, verschwenderischer Körper. Gabriela, deren Körper strahlt, leuchtet, in meiner Erinnerung in Flammen steht.

Vielleicht liegt es an der Klimaanlagenluft. Als wir den Busbahnhof betreten, hat sie auf einmal wieder gute Laune. Ich vergesse das Geschenk, das kleine grüne Schmuck-Kreuz, das ich auf dem Hinweg bei der Zwischenlandung in Chicago für sie gekauft habe. Ich trage es die ganze Zeit mit mir herum, und am Busbahnhof, am Port Authority Bus Terminal, vergesse ich es auf einmal. Nur wenige Meter von dem Mitarbeiter der Busgesellschaft entfernt, der die Tickets kontrolliert. Sie hält den Kopf wieder so hoch. Das ist der Museumsblick. Ein Blick, den ich von den vielen gemeinsamen Ausstellungsbesuchen schon kenne. Ihr Blick ist eine Mischung aus Erhabenheit und Leere. Ihre Handtasche geschultert und die Haare hochgebunden. So steht sie im Museum vor den Bildern. So als wollte sie sich ihnen zur Verfügung stellen. Als hoffte sie, etwas von der Aura der Bilder würde sich auf sie übertragen. Ich erinnere mich, wie sie bei der Lucien-Freud-Ausstellung, von der ich nicht mehr weiß, wo wir sie gesehen haben, schon den ersten Bildern mit dieser aufrechten, den Kopf gleichsam rahmenden Aura gegenübertritt. Als wollte sie sagen: Zeigt euch von eurer schönsten Seite, dann zeige ich mich auch von meiner schönsten Seite. Dabei sind die Gemälde von Lucien Freud gar nicht schön. Ich knie auf dem Boden und lege die Scherben des arabischen Tongefäßes zusammen. Was würde Judith jetzt sagen? Würde sie Mitleid mit mir haben? Und dann zeigt sich wieder ihre Präsidentengattinnenhaftigkeit, während wir vor einer dicken nackten Frau stehen und sie die Bemerkung macht: »Wusstest du eigentlich, dass er ein Enkel von Freud ist. Also dem Freud?« Und sie in ihrer typischen somnambulen Leere an mir vorbei auf ein anderes Bild schaut, um meine Reaktion einfach zu ignorieren. »Mir gefällt, wie die Frau aussieht«, sagt sie. »Die Haut sieht gar nicht so alt aus, wenn man die Augen zusammenkneift.« »Ja, wenn man die Augen zusammenkneift«, wiederhole ich, um nicht Gefahr zu laufen, belehrend zu wirken. Dabei kennt sie sich mit Kunst ohnehin viel besser aus als ich. Sie entdeckt ständig neue Künstler und neue Museen und erinnert mich daran, wenn wir uns mal wieder etwas anschauen müssen. Sie streicht sich mit ihrer rechten Hand über den Nacken, fährt mit der abgekauten Spitze ihres Zeigefingernagels über ihren entblößten Hals. Wie um Himmels willen schafft sie es, so gedankenlos und unvoreingenommen zu sein? Sie schaut auf die Bilder. Auf die wuchernde düstere Haut der Nackten von Lucien Freud. In der Ausstellung, die wir nicht in Deutschland, aber mit einiger Sicherheit auch nicht in London und schon gar nicht in Washington gesehen haben. Eine Ausstellung, die wir irgendwo gesehen haben, irgendwo auf unserer langen Wanderschaft, die unserem ständigen Bedürfnis geschuldet ist, die Schauplätze unserer Beziehung zu verlagern und möglichst jeden Monat auf einer anderen Bühne aufzutreten. Wie sie schon ins Museum hineingeht. Als begrüße sie ihre Gäste. Trotzdem kann ich nicht anders, als ihren zärtlichen Hochmut in diesem Moment zu bewundern. Sie selbst würde vor Scham erröten, wenn ich auch nur eine Andeutung machen würde. Wenn ich sagen würde, sie sei hochmütig oder, was noch schlimmer wäre, aggressiv. Ist sie aggressiv, wenn sie von der »Haut der alten Frau« spricht, die so aussieht »wie ein Feld«, das gerade eben »gepflügt« worden ist? Eine Frucht, die gerade »gepflückt« worden ist? In London? In Düsseldorf? Oder doch in München? Sie lächelt. Sie wirft den Kopf zurück. Weniger vielleicht, dass sie ihn zurückwirft, als dass sie ihn zurücklegt, etwas in die Rückenlage geht, um ihren Ausbruch von Lachen abzusichern und zu stabilisieren. Sie lacht, umgeben von diesen schmierigen traurigen Bildern des Enkels von Sigmund Freud. Sie lacht, wie man sagen könnte, rückwärts, nach hinten gewandt. In New York sind ihre Lippen blass und hell. Sie hat den Lippenstift nicht nachgezogen, während wir die langgezogene Bedford Avenue entlanglaufen, um dann doch mit der U-Bahn zum Fulton Park zu fahren. In dem kleinen Park hat man eine wunderbare Aussicht auf

Manhatten. Man befindet sich direkt zwischen Brooklyn- und Manhattan-Bridge, aber wir haben kaum Zeit, uns auf eine der Bänke zu setzen und uns auszuruhen. Kurze Zeit später muss sie zum Busbahnhof zurück. Es ist ungeheuerlich. Sie schaut sich jedes Bild an. Es können noch so unbedeutende Skizzen sein, sie schaut sie sich an. Im Gegensatz zu ihr möchte ich die gesamte Ausstellung mit einem Blick erfassen, damit ich weiß, auf was ich mich einzustellen habe. Sie aber schenkt jedem noch so kleinen Kopf, jedem noch so fragmentarischen Porträt ihre ganze Aufmerksamkeit. »Haben nicht alle Lucien-Freud-Gesichter den gleichen Ausdruck?«, frage ich sie. Sie nickt, den Mund fest geschlossen, ein Ausdruck erotischer Verweigerung. Wenn sie doch nur ein einziges Mal den Kopf schief legen würde. Aber sie muss ihre Museums-Haltung wahren. »Ich finde das auch«, sagt sie in ihrer grenzenlosen Kompromissbereitschaft. »Sie sind geheimnisvoll. Ein bisschen mysteriös.« Sie gerät in Fahrt, zeigt einen Moment der Leidenschaft. »Ja«, sagt sie, »wir denken immer, wir kennen schon alles.« Sie sagt immer »wir«, wenn sie philosophisch wird. »Wir tun so, als verstünden wir alles. Aber manchmal verstehen wir uns selbst nicht. Und hier«, sie zeigt auf ein anderes Bild. »Findest du nicht, dass es brutal aussieht?« Ich verstehe nicht, was sie meint. »Oder gefällt es dir nicht, weil es nicht abstrakt ist?« Weil es nicht abstrakt ist? Sie spitzt die Lippen und legt den Kopf schief, um mich nachzumachen. Tatsächlich liebe ich sie dann am meisten, wenn sie mich nachahmt. Wie ist das zu beurteilen? Was heißt das? Ich liebe sie, wenn sie mich nachahmt. Wir gehen zu einem anderen Bild, in einer Ecke, wo ich noch nicht gewesen bin. Sie will mir etwas zeigen. Möchte sie mir ein Bild zeigen, in dem wir uns wiederfinden können? Ich kann mich an kein einziges Lucien-

Freud-Bild erinnern. Ich sehe immer nur sie. Wie sie die Bilder anschaut und wie sie immer sagt: »Was wir denken. Was wir wissen … Als würden wir das alles verstehen.«

3

Zu diesem Zeitpunkt bleibt uns noch eine halbe Stunde. Das Geschenk ist in meiner MRI-Konferenz-Tasche, die eigentlich Mads Christiansen gehört und die ich die ganze Zeit mit mir herumtrage. Die Aufschrift ist schon etwas verblasst. Mental Research Institute. Mads Christiansen hat drei Jahre dort studiert. Zusammen mit dem Reiseführer und meinem Notizbuch trage ich noch eine dünne Wolljacke in der Tasche, falls es in den klimatisierten Räumen zu kalt wird. Aber den ganzen Tag haben wir keine klimatisierten Räume erreicht. Die Bank im Fulton Park liegt immerhin im Schatten. Vielleicht ist das Ausdruck meines gestörten Verhältnisses zu meinem Beruf, dass ich es nicht schaffe, mit ihr zusammen zu sein und unsere bedrohliche Sprachlosigkeit zu durchbrechen. Im Kontakt zu meinen Klienten ist mein Schweigen kraftvoll, im Beisein von Judith ist es tatsächlich nur Stille und Sprachlosigkeit. Und dass ich dann denke, wir könnten sie spazierengehenderweise überwinden. Bei der Besichtigung der auch für Judith noch unbekannten und geheimnisvollen Stadtteile Williamsburg und Brooklyn Heights. »Es ist doch gut, wenn wir hierbleiben«, sagt sie, als wir in einem Café in der Bedford Avenue sitzen und frühstücken. »Wir müssen nicht alles anschauen, nur weil wir es uns vorgenommen haben.« Das ist ihr besonderes Talent. Ihre Anpassungsfähigkeit, von der ich aber glaube, sie wendet sie nur auf mich an, während ihr eigenes Leben einem genau festgelegten Plan folgt. Und dann bin ich ihr auch noch behilflich, die U-Bahn-Station zu finden, als läge es in meinem Interesse, dass sie die Stadt so schnell wie möglich verlässt. Sie hustet und bleibt stehen. Nicht weit vom jüdischen Viertel, in der Nähe der Division Street. »Wusstest du eigentlich, dass ich jüdische Vorfahren habe?«, überlege ich zu sagen, aber ich fürchte, sie würde die sich anschließende Geschichte nicht hören wollen und nur matt und uninspiriert »ja?« fragen. Es ist alles nicht richtig vorbereitet. Es ist ein Spaziergang, den ich selbst ein paar Tage zuvor gemacht habe, aber zu einer Tageszeit, als es noch angenehm kühl ist. Sie will nicht nach New York, sie will lieber in Washington bleiben. »Du kannst doch auch kommen«, sagt sie am Telefon, als ich sie einmal in der Mittagspause in Washington anrufe. Abends arbeitet sie im Afterwords-Café neben der Buchhandlung Kramer, in der Nähe des Dupont-Circles. Ihre Freundin Kyra kennt den Besitzer und hat ihr den Job besorgt. Manchmal geht sie, wenn sie mit der Arbeit im Robert-Kennedy-Institut fertig ist, direkt rüber ins Café. Sie trägt diese dunkelblaue Schürze mit einer Gedichtzeile aus *Howl*, weil die Geschäftsleitung ihren Gästen den Eindruck vermitteln will, auch die Leute, die im Afterwords-Café arbeiten, lieben die Literatur. Als ich sie das erste Mal in Washington besuche, muss ich dort eine Stunde auf sie warten und zuschauen, wie sie in dem halbleeren Café die Tische sauberwischt. Am Ende ist es doch Wut und keine Trauer, dass sie kaum noch etwas sagt. Sie will spazieren gehen, nicht laufen. Soll ich sie bewundern? Dafür, dass sie in einem halbleeren Café die Tische sauberwischt? Wieder einmal frage ich mich, ob man an einem Asthma-Anfall so ohne weiteres sterben kann. Ihre Gesichtszüge verzerren sich. Ihre ganze Wut oder ihre Trauer ist in diesem Moment in ihre verstopften, verklebten Lungenflügel hineingeflohen. Noch in der Schlange vor dem Port Authority Bus Terminal, kurz bevor wir uns verabschieden, überlege ich, ob ich ihr nicht doch von unserer Katze erzählen soll, obwohl ich sie eigentlich damit verschonen wollte. »Ich vermisse sie so sehr«, sagt sie am Telefon, aber in New York hat sie nicht ein einziges Mal nach ihr gefragt. Wut oder Trauer. Diese beiden Gefühle sind bei ihr schwer auseinanderzuhalten. Ihre Trauer sickert in ihre Lungen hinein. Die Schwingungsfrequenz ihrer Lunge nimmt die Frequenz ihrer Trauer an, die in Wirklichkeit vielleicht Wut ist. Ihre Trauer, unsere Trauer oder meine Trauer verlangsamt sich, die Schwingungsfrequenz verlangsamt sich, und die Trauer senkt sich in ihre Lunge hinein, beinahe schon am Ende der Bedford Avenue, als wir entscheiden, doch die U-Bahn zu nehmen. In diesem Moment ist es zu spät. Sie atmet kaum noch, sie schaut mich mit einem verzerrten Gesichtsausdruck an. Das ist unsere gescheiterte Trauerarbeit. »Wollen wir die U-Bahn nehmen?«, frage ich. Es ist ein großer Umweg, und wir gewinnen kaum Zeit. Sie sagt nichts. Sie schaut mich nur an. »Sollen wir?«, frage ich. Die Trauer ist in ihr angekommen, versteckt sich in ihr, oder sollte ich nicht besser sagen: Entzieht uns das letzte bisschen Atemluft, das letzte bisschen Freiheit, das wir noch haben. »Ich kenne da einen kleinen Park, direkt am Wasser. Da kannst du die beiden Brücken sehen. Willst du da hin? Wir fahren mit der U-Bahn.« Ich sehe mich nach einem Taxi um, obwohl ich sie vorher noch darüber belehrt habe, wie teuer Taxifahren hier ist. »Es ist ein schöner Park, er wird dir bestimmt gefallen ... Aber wir können natürlich auch zu Fuß gehen.« Als würde ich mich hier auskennen, als hätte ich irgendeine Ahnung von New York. Nach zehn Tagen, während derer ich sie täglich angerufen habe, um unseren sinnlosen Machtkampf zu gewinnen.

»Aber warum kommst du nicht«, fragt sie, mitten in der Nacht. Eine schwarze Plastiktüte flattert im Wind mit stolzgeschwellter Brust über die Grand Street. Die Tüten in New York sind dünn und schwarz. Sie steigt auf und versucht über die Straße zu schweben. Wenn ich abends die Zeitung kaufe und in der hoffnungslos überfüllten Kühltruhe in dem Liquor Store an der Ecke noch nach einer Dose Chunky Monkey-Eis suche, tue ich immer so, als sei der Kauf des Eises ein spontaner Einfall. Der Verkäufer, dessen Oberkörper hinter einem mit Süßigkeiten, Zigaretten und Kaugummis gefüllten Plastikkasten versteckt ist, hält mir die geöffnete Tüte immer schon hin, während ich den Eindruck zu erwecken versuche, als müsste ich noch nachdenken. Eine Dose Chunky Monkey-Eis und die New York Times. Das sind meine Abende, nachdem Judith zurück nach Washington gefahren ist. Abende, die ich mit Informationen fülle, die kurz davor stehen, ihre Aktualität zu verlieren, während das Eis so schnell schmilzt, dass ich nie den Boden der Dose erreiche, bevor das Eis schon flüssig geworden ist. Ich weiß keine Antwort, außer dass ich die Oberhand behalten will und dass ich am liebsten sagen würde: »Es ist mein New York. Es ist das New York, das ich dir zeigen will.« Sie atmet schwer. Sie beugt sich vor, stützt sich auf ihren Oberschenkeln ab. »Die U-Bahn ist klimatisiert.« »Ich weiß«, sagt sie. Sie richtet sich auf. »Hast du Lust auf den Park?«, frage ich. Sie schaut mich an. Ich denke auf einmal an das Vampirgebiss. Das Vampirgebiss auf dem Flughafen in München, an dem Tag, als sie zum ersten Mal nach Washington geflogen ist. Es fällt mir einfach so ein, vielleicht weil ihre Lippen so trocken und brüchig sind. Das Vampirgebiss. Sie hat es ganz plötzlich im Mund. Ihre Zähne, die sie jeden Tag mit so großer Sorgfalt pflegt, sind unter dem Plastik auf einmal verschwunden. »Sollen wir?«, frage ich. Sie nickt, sie kriegt wieder Luft. Auf einmal will sie unbedingt Kaffee trinken. Aber diese Verzögerung habe ich nicht eingeplant. Es erscheint mir unmöglich, auf den Ausflug in den Fulton Park zu verzichten und stattdessen Kaffee trinken zu gehen. Sie denkt nur noch in kleinen Schritten. Wie Kinder, die nur daran denken, wie sie sich noch mehr mit Süßigkeiten vollstopfen können. Eine Stadt mit freiem Oberkörper. Gestählt und freigiebig vor sich hinschwitzend, während es in den Innenräumen immer kühl und angenehm bleibt. Die Hitze verausgabt sich, dehnt sich bis in alle Winkel, sehnt sich nach Verflüssigung und Auflösung. Wir gehen weiter. Weiter zur U-Bahn, weiter in der Schlange vor dem Port Authority Bus Terminal. Zwei, drei Reisende vor uns. Zwei oder drei Minuten. Minuten, die ein ganzes Leben verändern können. Und man könnte sagen: Je häufiger wir uns voneinander verabschieden, desto besser werden wir darin. *Je öfter wir uns trennen, desto größer wird die Wahrscheinlichkeit, dass wir uns wiedersehen.*

Das Vampirgebiss besteht aus abwaschbaren Plastikzähnen, die so miteinander verbunden sind, dass die einzelnen Zähne, außer den beiden Eckzähnen, gar nicht richtig zu erkennen sind. Ich bekomme es nie in seinem ganzen Ausmaß zu Gesicht. Ich sehe es nur als Teil ihrer Zähne, als plötzliche Erweiterung, als Wuchern. Was genau mache ich eigentlich in New York? Will ich sie dazu überreden, schon vor der Beendigung ihres Praktikums zurückzukommen, nur weil ich mich in München ohne sie langweile? Wie sie in ihrem Bademantel morgens im Wohnzimmer sitzt und Kaffee trinkt. Ungeschminkt, in einem Zustand der Verpuppung, in unberührbarer Entfernung von sich selbst und von mir. Ich bleibe morgens manchmal eine Stunde länger im Bett, in der Hoffnung, sie könne sich in der Zwischenzeit schon in ihre von der Kosmetikindustrie verschönte Alltagserscheinung verwandelt haben, als die ich sie tagsüber und abends verehre. In diesem grünen, flauschigen Bademantel, den ich morgens fast lieber berühre als sie selbst. Sie hält einen kleinen Bleistiftstummel in der Hand und macht ihre windhauchartigen Anstreichungen in ihren Büchern, die sie samt und sonders wieder ausradiert, wenn sie die Bücher zurückgibt. »Wieso soll ich nach Washington kommen, wo du doch selbst gesagt hast, du würdest New York im Grunde gar nicht kennen?«, sage ich am Telefon. Ich erwähne den Vortrag von Mads Christiansen nicht. Ich spiele diesen Trumpf gar nicht aus. Sein Buch ist jetzt ins Englische übersetzt worden und auch in den USA erschienen. Der Kongress ist lediglich eine Ausrede, um nicht den Eindruck zu erwecken, ich wäre allein wegen ihr gekommen. »Vielleicht hänge ich noch eine Woche dran«, sage ich, als stünde der Zeitpunkt meines Abflugs nicht schon längst fest. Neurobiologische Erkenntnisse, die für das höhere Management zum Verständnis der Mitarbeiter von Bedeutung sein können. »Sie hätte dich auch gerne gesehen«, sage ich zu Mads Christiansen. »Aber sie hat zu viel zu tun.« Ein Faustpfand in unserem Machtkampf, in dem es nur um eins geht: New York oder Washington. Meine Stadt oder ihre Stadt. Tatsächlich habe ich mich der Illusion hingegeben, Judith würde Mads Christiansen wiedersehen wollen, den sie noch von seinen Besuchen in München kennt. Am Ende, aber das ist nur ein Verdacht, mag sie ihn vor allem deswegen, weil er schwul ist und weil sie die Phantasie durchspielen kann, es könne ihr früher oder später gelingen, ihn auch in erotischer und nicht nur emotionaler Hinsicht für sich zu gewinnen. Als er einmal bei uns zu Besuch ist, macht er ihr, während sie im Morgenmantel am Frühstückstisch sitzt, ein Kompliment. Sie sagt: »Es tut mir leid, aber ich bin noch gar nicht richtig angezogen und geschminkt.« Und während ich »macht nichts« gesagt hätte, sagt Mads Christiansen einfach: »Du bist doch so noch viel schöner. Du siehst doch so noch viel besser aus.« Sie legt ihr Buch umgedreht auf den Tisch, sodass die Sätze von Pruniers *Darfur. Der uneindeutige Genozid* kopfüber auf unserem 3500 Euro teuren Glastisch liegen. Das Licht der Designerlampe mit den schwarzen Holzlamellen fällt auf ihr Gesicht. Sie strahlt ihn an. Ganz verrückt nach mehr, nach mehr morgendlichen Verführungskunststücken. »Du bist so noch viel schöner.« Das Buch liegt noch Tage später aufgeschlagen auf dem Wohnzimmertisch. Mir schaudert bei der Erinnerung daran, selbst in Gedanken schrecke ich noch davor zurück.

Hätten wir uns vielleicht ein anderes Wochenende aussuchen sollen? Jetzt, kurz vor meinem Abflug, habe ich den Ventilator wieder ausgestellt, da ich Angst habe, die Bruchstücke des Tongefäßes werden in alle Winkel der Wohnung verteilt. Ich packe das grüne Plastikkreuz ein und auch den Inhalator, den ich aus München mitgebracht habe. »Es sind zwei Wochen«, sage ich zu Lambert. »Sobald ich zurückkomme, machen wir einen Termin.« Ich spüre, wie das Gefühl der Kränkung und Zurückweisung von ihm Besitz ergreift und immer mehr Raum in ihm einnimmt.

Er will unbedingt wissen, wo ich hinfahre. »Und warum können Sie mir das nicht sagen? Ist Ihnen das zu intim?« Es ist kurz bevor die Stunde auf so dramatische Weise eskaliert. »Sie vertrauen mir nicht. Glauben Sie denn, dass ich Ihnen hinterherfahre?« Judith hält sich am Haltegriff in der U-Bahn fest und lässt ihren Blick über die Gesichter der Mitreisenden wandern. »Schneller, schneller«, sagt ihr Blick, aber dann lächelt sie mich wieder an. Sie hat überhaupt keine Ahnung, keine Idee, wie schön sie ist. Sie hält sich am Griff fest, in der U-Bahn, auf dem Weg zum Busbahnhof, schwankt leicht hin und her und schaut auf den Kopf eines älteren Mannes, der die Augen geschlossen hat. »Komm doch einfach her«, sagt sie am Telefon. »Wir können das Wochenende doch auch in Washington verbringen.« Ich lasse mich nicht darauf ein. Ich stehe vor der Telefonzelle, das Summen des Verkehrs, den warmen nächtlichen Wind, die ganze Stadt im Rücken, und schüttele den Kopf. Es ist nur ein Wochenende. Es ist nicht der Rede wert, aber es geht schief. Und ich frage mich, was eigentlich genau passiert, was genau schiefgelaufen ist. Was ist in New York passiert, frage ich mich, während ich am Fenster der Wohnung in Williamsburg stehe und in das feuchtdunkle Grau des Himmels hineinschaue.

4

Sie möchte alles kontrollieren, das Leben, ihre Gefühle. Sie möchte nichts dem Zufall überlassen. Es ist weniger ein Spaziergang als eine Bewährungsprobe. John F. Kennedy konnte keinen einzigen öffentlichen Auftritt ohne Schmerzmittel durchstehen, erklärt sie mir auf dem

Spaziergang. Es hat ihr jemand bei der Arbeit erzählt. Seine Beine waren immerzu bandagiert, er trug orthopädische Schuhe und hatte ständig Durchfall, Prostata-Beschwerden und Harnweginfekte. »Findest du, dass er ein schöner Mann ist«, frage ich sie, während wir an der Divisionstreet vorbeigehen und die Gelegenheit verpassen, das jüdische Viertel anzuschauen. Dort, wo ich mit ihr eine Zeitreise machen, wo ich mit ihr in eine andere Welt eintauchen will, um vor einem Geschäft stehen zu bleiben, in dem man Nylons kaufen kann, die wie Stützstrumpfhosen aussehen und in denen Gardinen hängen, die seit zwanzig Jahren nicht mehr bewegt worden sind. Zwei Straßenzüge entfernt. Zurück in die 50er oder was davon übrig geblieben ist, aber wir gehen daran vorbei. »Gefällt er dir?«, frage ich. »Er ist tot«, sagt sie und möchte über ein anderes Thema sprechen. Ich stütze mich auf der Couch ab. Es ist alles fertig gepackt. Ich habe ihr den Inhalator aus München mitgebracht, aber wir sind schon auf der Straße, auf dem Weg zur Bedfort Avenue, als es mir einfällt, und ich fühle mich nicht in der Lage, die zwei Stockwerke durch das enge stickige Treppenhaus zurückzulaufen und ihn zu holen. Ich räume die Wohnung auf, die Warnsignale der zurücksetzenden Lastwagen im Ohr, die neue Lieferungen bringen. Die Arbeiter tragen die Fleischstücke zum Kühlhaus, das man vom Fenster aus nicht sehen kann. *Sie hat keine Ahnung, wie sie aussieht. Sie hat nicht die geringste Idee.* Es ist das Aufregende bei unseren Museumsbesuchen, dass ich sie nicht anfassen kann. Es ist ein Ort, an dem sogar die Blicke kontrolliert werden. Sie hat sich das Haar hochgebunden und stolziert an den Bildern vorbei, und ich schaue immer nur auf ihren Nacken, während sie, im Bewusstsein, dass ich sie berühren möchte, die Bilder anschaut. Ich habe das Gefühl, als wäre sie immer dabei, selbst auf der Schifffahrt, die ich mit Mads Christiansen mache. Immer läuft sie in Gedanken neben mir her, und ich muss sie manchmal gewaltsam von meinen eigenen Erinnerungen abtrennen, von den Erlebnissen, die ich ohne sie gehabt habe. »Kannst du dich noch erinnern, wie wir am Hudson River entlanggelaufen sind«, könnte ich sie fragen. Natürlich kann sie sich daran nicht erinnern. Am Hudson River bin ich mit Mads Christiansen gewesen. Der Spaziergang mit ihr endet am Port Authority Bus Terminal. Mit Mads Christiansen jogge ich am Hudson River entlang, und bis zuletzt bin ich fest entschlossen, dass ich das Schiff nicht betrete und stattdessen zurück nach Williamsburg fahre, um Judith anzurufen. Noch bei den Aufwärmübungen, bei der dritten oder vierten Kniebeuge, schon allein aus Verärgerung über Mads Christiansens absurdes Trainingsprogramm, geht mir der Satz durch den Kopf: »Natürlich kann ich nach Washington kommen. Du hast ja recht. Es ist totaler Quatsch. Ich weiß gar nicht, warum ich nicht gleich darauf gekommen bin.«

Wir sind schon eine Stunde auf dem Schiff, als es endlich ablegt. Auf dem riesigen Werbeplakat, das an Schnüren quer über das halbe Schiff gespannt ist, steht in Großbuchstaben: »Gay-Sunday-Tea-Dance«. Die Stimmung ist angenehm, alle sind freundlich. Es macht mir nichts aus, dass ich niemanden kenne. Mads Christiansen stellt mich jedem als erfolgreichen Familientherapeuten aus Deutschland vor. »Nein«, sage ich jedes Mal auf Englisch. »Ich selbst habe keine Familie«, und alle lachen, weil sie natürlich denken, dass ich auch schwul bin. Auf einem Tisch liegen Flyer und Prospekte der Filmproduktionsfirma, die den Abend veranstaltet. Es geht um eine Pornofilmproduktion, die Wicked Pictures heißt. Ich denke jetzt, dass das der größte Fehler meiner New York-Reise gewesen ist. Die Idee, mit Mads Christiansen und seinen schwulen New Yorker Freunden eine Dampferfahrt auf dem Hudson River zu machen, anstatt mit Judith in einem mexikanischen Restaurant in Washington zu sitzen und Burritos zu essen. Als ich am Buffet stehe, spricht mich ein Freund von Mads Christiansen an, den ich in meiner Erinnerung immer nur den Schnauzbärtigen nenne. Er ist ein hagerer, asketischer Mann mit einem schmalen Schnäuzer und arbeitet als Investment-Banker in Manhattan. Mads Christiansen hat ihn mir vorgestellt, aber ich habe seinen Namen vergessen. Sein Gesichtsausdruck ist wohlwollend, aber auch spöttisch. Ich frage mich, was er von mir will. Wollen hier alle etwas voneinander? Oder ist es nur Konversation? »Do you like porn?«, fragt er mich später auf dem Oberdeck, als die Präsentation von Wicked Pictures beginnt und wir uns wiedersehen, nachdem ich zuvor vor ihm geflohen bin und mich mitsamt meinem mit Hähnchenbeinen und Nudelsalat vollgeschaufelten Teller auf der Toilette versteckt habe. »Do you like porn?« Mein Eindruck ist, dass Mads Christiansen mich nur deswegen zu der Schiffstour mitnimmt, weil er mir vorführen will, wie beliebt er ist. Wenn er ein neues Buch schreibt, schließt er sich immer mehrere Wochen ein und unterwirft sein Leben einer martialischen Disziplin. Seinen Schlaf-Rhythmus ändert er so, dass er alle drei Stunden eine halbe Stunde schläft, um danach wieder drei Stunden arbeiten zu können. Bei diesem Rhythmus hat er sich angeblich von einem Weltumsegler inspirieren lassen, der sich natürlich keine längeren Schlafpausen erlauben kann. Aber in Wirklichkeit ist dieses Programm, wie ich zufällig weiß, eine exakte Kopie der grausamen und familienverachtenden Arbeitswut seines Vaters, der sich mit fünfundvierzig Jahren das Leben genommen hat, weil sein Kopenhagener Unternehmen, das Schaltkreise produziert hat, plötzlich pleitegegangen ist. »Es ist wie auf hoher See«, sagt Mads Christiansen zu dem Schnauzbärtigen, der die ganze Zeit um ihn herumscharwenzelt. »Es ist eine Frage der inneren Haltung, aber auch eine Frage der Leidenschaft.« Der Schnauzbärtige grinst mich an. Ich flüchte mich auf die Toilette. Ich wasche mir die Hände unter einem mickrigen lauwarmen Wasserstrahl und halte sie so lange unter den Trockner, bis ich mir sicher sein kann, dass er nicht mehr da ist.

Immer neue Gäste kommen, immer mehr Freunde von Mads Christiansen und schließlich auch sein Co-Autor, dessen Texte Mads Christiansen immer so lange überarbeitet, bis sie klingen wie seine eigenen. Er trägt einen schwarzen Anzug und ein Barett und fällt damit völlig aus der Rolle. Ich habe das Gefühl, alle sind in ständiger Bewegung, um sich miteinander bekannt zu machen, obwohl es dann doch so scheint, als würde jeder jeden kennen. Das Schiff besteht aus zwei Etagen. Einem unter Deck gelegenen Raum mit Bullaugen und dem mit einer Plane zum Himmel hin abgeschlossenen Oberdeck, auf dem der größte Teil der Veranstaltung stattfindet. Zwei Treppen verbinden die Räume miteinander, und es gibt ein kleines Zwischendeck, auf dem man unter freiem Himmel steht und die beste Sicht hat. Wir umkreisen die Freiheitsstatue, und auf dem Zwischendeck drängen sich die Gäste mit vollen Papptellern, um das zu sehen, was sie schon kennen. Das Buffet ist von großzügiger Lieblosigkeit. Unglaubliche Mengen von Hähnchenschenkeln, gebackenen Kartoffeln und Berge von Nudelsalat lassen sich miteinander kombinieren. Ich brauche eine halbe Stunde, bis ich endlich nach oben gehe, wo, wie Mads Christiansen sagt, »die Musik spielt«. Mads Christiansen hat die Fähigkeit, alles auszublenden, was ihn nicht weiterbringt. Selbst die Tatsache, dass er nichts von Beziehungen versteht und sich darüber eigentlich kein Urteil erlauben kann. »Du kannst doch nicht hingehen und an ihrer Promotion herumfummeln«, sagt er einmal, als wir bei seinem Besuch in München am Abend noch im Café sitzen und ich ihm erzähle, ich hätte ein paar Kapitel von Judiths Arbeit gelesen. Mads Christiansen behauptet, dass man in Beziehungen hundertprozentig loyal sein müsse und dass er genau deswegen auch keine habe. »Du schreibst, es seien Halbnomaden, aber du definierst das überhaupt nicht«, sage ich zu ihr. Ich mache Vorschläge, wie man die Gliederung ändern könnte. Sie behauptet, sie habe das alles im Kopf. »›Die moralische Geografie Darfurs‹, das finde ich schön, aber ich glaube, es ist ein Zitat, und dann musst du …« Sie schaut mich wütend an. Oder: Sie schaut mich so an, dass ich nicht anders kann, als zu denken, sie sei vielleicht wütend. »Was meinst du mit moralischer Geografie, was ist daran moralisch?« Ich verstehe nicht das Geringste von Darfur. Ich weiß nicht mal, wo es liegt. Ich lege die Überreste des arabischen Tongefäßes wieder ins Regal, schreibe eine Nachricht an Michael und Janette und lege zwanzig Dollar auf den Tisch. Ich habe vielleicht noch eine halbe Stunde. »Ich würde ›transhuman‹ oder ›Halbnomade‹, ich würde das definieren. Das kannst du in einer Fußnote machen«, sagte ich zu ihr. Ich verbringe einen ganzen Sonntag auf einem Schiff mit schwulen Männern, die darauf warten, dass eine Pornofilm-Produktion ihre Darsteller präsentiert. Hat es mit meiner Kritik zu tun, dass sie das Thema kurze

Zeit später aufgibt? Beendet sie deswegen ihre Karriere als Ethnologin und fängt ein Praktikum bei der Robert Kennedy Stiftung an? Ich gehe mehrmals zum Buffet, um dem Gespräch mit Mads Christiansen auszuweichen. Ich frage mich, ob ich mich auffällig verhalte, in der Art, wie ich esse, wie ich das Fleisch mit der Plastikgabel von dem Knochen abzuschaben versuche. Neben mir stehen zwei Männer, die mit ihren Hosenträgern über ihren T-Shirts wie erschöpfte Komödianten aussehen und ihre Zweisamkeit so sehr zelebrieren, dass ich wegschauen muss. Die abgenagten Hähnchenschenkel auf meinem Teller sehen wie ein Kruzifix aus, und ich überlege, wie ich den Teller wieder loswerden kann und ob ich ihn nicht einfach ins Meer werfen soll. Judith wirft auf Reisen ihren Müll nicht einfach so weg. Ich erinnere mich, wie wir einmal eine Cola-Dose von einer sizilianischen Insel bis nach München transportiert haben, nur damit sie sie am Morgen nach unserer Ankunft in unsere gelbe Wertstofftonne werfen kann. Und natürlich spült sie die Cola-Dose noch auf der Insel gründlich aus. Als könnte sie schlecht riechen. Wie könnte ich da einen fettigen Pappteller mit einem Hähnchenkruzifix einfach ins Meer werfen? Aber es gibt keinen Mülleimer, alle halten die Pappteller in ihren Händen und schauen auf die Freiheitsstatue. »Sie wartet doch auf dich«, sagt Mads Christiansen. Seine fast lüsterne Art, sich in mein Beziehungsleben einzumischen. Ich schaue auf den Pappteller, auf dem die Hähnchenschenkel wieder verrutscht sind und das »Kreuz« auseinanderzufallen droht. Soll ich ihn die ganze Zeit mit mir herumtragen? »Das Meteoritengestein ist verglüht«, heißt es in Mads Christiansens Buch über Evolutionsmanagement, »aber durch den Einschlag hat sich das vorhandene Gestein in der Umgebung so verändert, dass man noch immer Spuren finden kann. Wie geht man mit Einflussfaktoren um, die nicht planbar sind. Wie bereitet man sein Unternehmen darauf vor?«, lautet die »Transferfrage«. Das Buch steht in meiner Praxis, aber ich habe kaum darin gelesen, obwohl ich ihm gegenüber immer so tue, als würde ich es genau kennen. Ich kann schließlich nichts anderes machen, als den Teller in einem unbeobachteten Moment zur Seite zu kippen und ganz unauffällig ins Wasser fallen zu lassen. Der Aufprall ist lautlos, der Teller treibt ab, und ich fange den versonnenen Blick eines gebräunten Schönlings auf, der sich am Geländer der nach oben führenden Treppe festhält. Wehmütig schaut er dem Teller hinterher. Ich grinse ihn an, entschlossen, nicht das Geringste zu meiner Entschuldigung vorzubringen, aber in diesem Moment merke ich auf einmal, wie sehr mich der Anblick des davontreibenden Tellers aus dem Gleichgewicht bringt. Ein Teller, den Judith zweifellos nicht im Stich gelassen hätte. Er treibt davon, langsamer, als ich es gehofft habe. Plötzlich ist die gesamte Gruppe der an der Reling stehenden Gäste auf ihn aufmerksam geworden. Aber der blonde Schönling verrät mich nicht. Sein Blick ist von einer gewissen Traurigkeit. Er ignoriert mich, den Blick fest auf den Teller gerichtet, der als weißer, strahlender Kreisel im brackigen Grau des Wassers außer Sicht gerät. Ich denke noch eine ganze Weile, und ich denke es ohne die geringste Ironie, ohne den geringsten Sinn für die Komik, die in dieser ganzen Episode liegt: »Wie um Gottes willen konnte ich ihr das antun?« Und ich schreibe es sogar später in mein Notizbuch: *Wie konnte ich ihr das bloß antun. Wie um Himmels willen?* Der schneeweiße immer kleiner werdende Pappteller, der immerhin, ein schwacher Trost, jetzt Richtung Manhattan treibt, wo irgendjemand, der Judiths Seele wirklich gewogen und ihr ein wirklicher Begleiter und Liebender ist, am Ufer steht und den Teller aus dem Wasser zieht, ihn reinigt und seiner Bestimmung zuführt. Ich verliere ihn immer mehr aus den Augen. Und je länger ich hinschaue, desto mehr scheint es mir, er könnte auseinanderfallen, in zwei ungleiche Hälften, und er würde eine große Leere hinterlassen.

Das Schiff bewegt sich schwerfällig, ein fülliger Bauch über glattgezogenen schwarzen Wellen. Ein dunkles Bett, auf dem sich das Mondlicht hebt und senkt. Das Suchen und Flanieren lässt langsam nach. Jeder hat jetzt jeden gesehen, und in der aufkommenden Dunkelheit kann man ohnehin nicht mehr viel erkennen. Mads Christiansen schaut zu den drei Darstellern, die auf einem Podest stehend ihre spärlich bekleideten Körper vorführen. Er legt seine Stirn in Falten, soweit Mads Christiansen seine Stirn in Falten legen kann. Wir stehen unter der Plastikplane, die das Oberdeck überspannt. »Weißt du was?«, fragt er, und er muss schon etwas lauter sprechen, um das Intro eines alten Pet-Shop-Boys-Klassikers zu übertönen. »Sie ist eine phantastische Frau. Mal unter uns. Ich würde keine Sekunde zögern und wenn es sein müsste, ich würde nach Washington schwimmen.« Einer der Darsteller, die auf dem Podest jetzt langsam auf und ab gehen, schaut in diesem Moment zu uns herüber, oder ich bilde mir das jedenfalls ein. »Ja, natürlich«, sage ich, schreie ich, während Mads Christiansen sich halb den Tanzenden zuwendet. »Das weiß ich doch.« Was will er mir denn damit sagen? Was möchte er mir damit zu verstehen geben? Soll ich nach Washington schwimmen? Er macht ein paar Bewegungen, dreht sich und wippt etwas nach vorn, und schon im nächsten Moment ist er in einer Woge aus tanzenden Zuschauern verschwunden. Ich versuche ihm zu folgen, in die ineinander verschlungenen durchtrainierten Körper der Tanzenden hinein. Er hat sein schwarzes Seidenhemd ausgezogen und ist in seinem hautengen Unterhemd kaum noch von den anderen zu unterscheiden. Auch die Darsteller auf dem Podest fangen zu tanzen an. Bis ins kleinste Detail ihrer aufreizenden Fetischkleidung ähneln sie ihren Abbildern auf den Flyern, die überall herumliegen und die wiederum identisch mit ihren Autogrammkarten sind, die später unter Deck verteilt werden. Einer von ihnen, der zu uns herübergeschaut hat, hebt die Arme und klatscht rhythmisch zur Musik. Er heißt Manuel Torres. Ich habe sein Foto schon gesehen. Er trägt eine Schirmkappe aus Leder, die er aber in diesem Moment absetzt und vor sein Geschlechtsteil hält. Mit seinen schweren Military-Stiefeln macht er einen kleinen Ausfallschritt, während sein Nachbar, ein schlanker jungenhafter Schwarzer, die Arme über den Kopf hält und seine Lippen zu einem übertriebenen Kussmund formt. Einige aus dem Publikum applaudieren, aber die meisten schauen gar nicht hin und sind mit sich selbst beschäftigt. Alle sehen so aus, als würden sie Tag und Nacht Sport treiben und sich ausschließlich mit der Perfektionierung ihres Aussehens beschäftigen. Ihre Körper sehen wie Dienstboten aus. Dienstleistungskörper, in die sie hineingekrochen sind, wie in eine transzendentale Uniform. Plötzlich scheinen Blitzlichter auf. Manuel Torres verschwindet aus meinem Blickfeld und wird von hellen magnesiumfarbenen Lichterflammen eingehüllt. Ich schaue mich nach Mads Christiansen um. Er ist nicht da, er ist nirgendwo. Wäre ich doch an Land geblieben. Es ist so heiß, dass ich kaum atmen kann.

Ich versuche, mich zur Reling durchzukämpfen. Die Männer tanzen immer ekstatischer, während das Schiff immer langsamer wird. Mehrmals habe ich den Eindruck, das Schiff bleibt stehen und fährt gar nicht mehr weiter. Ich zwänge mich zwischen den Tanzenden hindurch auf die andere Seite. Judith setzt sich das Vampirgebiss in den Mund. Ich werde nie erfahren, wie sie es geschafft hat, es sich zwischen die Lippen zu schieben, ohne dass ich davon auch nur das Geringste bemerke. Hat sie das Gebiss in der Tasche versteckt oder in einem unbeobachteten Moment in einer Geschenkboutique im Flughafen gekauft? Ich kann Mads Christiansen nirgendwo sehen. Das ist das Prinzip. Wir nehmen Abschied, wenn schon nicht von uns selbst, so doch von den Orten, den Räumen, den Häusern unserer Zweisamkeit. Ich stehe im Türrahmen, im Wohnzimmer und starre auf den Wecker. Ich habe nur noch ein paar Minuten, dann muss ich New York verlassen. Ich denke darüber nach, ob ich mich von der Wohnung verabschieden soll. Das ist zumindest der Gedanke, der mir durch den Kopf geht. Verabschiede dich von der Wohnung, sage ich mir. Immer, wenn ein solcher Moment bevorsteht und wir ein Hotelzimmer, in dem wir übernachtet haben, verlassen, sagt Judith: »Goodbye«, oder sie sagt: »Goodbye, Zimmer. Auf Wiedersehen.« Oder: »Bye bye.« Sie variiert es ein bisschen, aber es ist immer eine Spur Wehmut dabei. Sie hebt die Hand und winkt den geöffneten Fenstern und zurückgeschlagenen Bettdecken zu. Sie schaut noch einmal kurz hinein, widmet dem Zimmer noch einmal einen Blick. Es ist eine Inszenierung, die sie meisterhaft beherrscht. Sie spielt ein Mädchen, kurz davor in Tränen auszubrechen, sich seiner Reife aber bewusst. In dem Bedürfnis, lässig und elegant zu wirken, hält sie ihre Trauer in dieser kindlichen

Formulierung »Tschüs, auf Wiedersehen« zurück. Es ist ein Ritual, das wir beide lieben. Einmal, in einem Hotel in Palm Springs, sage ich zu ihr, dass wir vergessen haben, dem Zimmer auf Wiedersehen zu sagen. Wir stehen schon an der Rezeption und warten auf jemand, der uns die Kreditkarte zurückgeben kann, und da fällt es mir ein. »Ach du heilige Scheiße«, sagt sie, für eine Sekunde ernstlich erschrocken. Und es ist fast so, als würde das Zimmer vor Wiedersehensfreude kaum an sich halten können, mit aufgebauschten Vorhängen und einer Luft, die uns entgegenstürmt, die uns anstupst. In diesem Seufzer eines Windzugs, der über Judiths Schläfen gleitet, offenbart sich die ganze Melancholie, die wir in dem Zimmer zurückgelassen haben. Ich sehe den Ilja-Kabakov-Band, der neben dem arabischen Tongefäß gestanden hat und auch aus dem Regal gefallen ist und den ich nur gelesen habe, um mit Judith darüber sprechen zu können. Dabei hat mich Kabakov mit seinen komplizierten Installationen, mit denen er das totalitäre System seines Heimatlands ironisiert, auf frappante Weise an Lambert erinnert und wie er mit seinen Eltern und vor allem wie sein Vater mit ihm umgeht. Soll ich mich verabschieden, soll ich der Wohnung auf Wiedersehen sagen? Ich stehe da, minutenlang. Judith nickt, halb grüßend, halb sich verabschiedend, um dann in ihre unnachahmliche, herzzerreißende Mädchenhaftigkeit zu verfallen. »Tschüs Zimmer«, sagt sie. »Tschüs.« Das Motel 6, wo wir die Festnahme von Saddam Hussein im Fernsehen gesehen haben, am frühen Morgen. In immer neuen Wiederholungen auf CNN, wie ein Gedicht, das man als Schüler auswendig lernen muss. Sie legt den Kopf zurück, lächelt und sagt nochmal: »Tschüs«, während sie vorsichtig zurückweicht, so als hätten wir in diesem Moment von der Existenz einer dritten Person, tatsächlich von der Existenz eines Kranken im Zimmer erfahren, den man nicht stören darf. »Tschüs«, sagt sie. »Tschüs« oder »Goodbye«. Vor allem, wenn wir im englischsprachigen Ausland sind. Niemals sagt sie auf Wiedersehen. Sie sagt höchstens: »Wir müssen dem Zimmer noch auf Wiedersehen sagen«, aber dann, wenn es so weit ist, heißt es immer nur »Tschüs« oder »Tschüs Zimmer«. Wir verabschieden viele Zimmer. Auch wenn es hässliche oder schlechte Zimmer sind. Wir verabschieden sie. Unser Zimmer im Motel 6 ist ein düsteres enges Loch, in dem es so heiß ist, dass wir mitten in der Nacht die Tür öffnen, dann aber aus Angst, überfallen zu werden, wieder schließen. »Tschüs. Goodbye.« Als würde das Zimmer kein Deutsch verstehen. Sie macht keinen Unterschied zwischen dem quälend dunklen schlauchartigen Zimmer in Berkeley, als wir zum ersten Mal ihre Tante besuchen, zu dem sie »Tschüs, alles Gute« sagt und den lichtdurchfluteten, paradiesischen Räumen in einem Hotel in der kalifornischen Wüste auf unserer Reise kurz nach Silvester. »Tschüs Zimmer.« Sie sagt es erst, als wir schon gar nicht mehr im Zimmer sind, sondern draußen auf dem asphaltierten Vorplatz neben dem Pool, man das Zimmer und sein großes, das Sonnenlicht reflektierende Panoramafenster aber noch sehen kann. Bei dieser Reise kehrt sie nicht in das Zimmer zurück. Zum ersten Mal. Es ist noch gar nicht so lange her. Wenn sie nicht so diskret wäre, würde sie aus der Ferne rufen: »He, Zimmer!« Obwohl ich sie in diesem Moment darauf aufmerksam mache und sie darauf hinweise, dass wir es vergessen haben. Und bin nicht in Wirklichkeit ich derjenige, der in solchen Momenten fürsorglich und weitblickend ist? Sie tut dagegen so, als würde das schon ausreichen, als wäre das schon genug. Der vordere Raum befindet sich vollständig im Licht, blickt auf die bronzefarbene, glühende Wüstenlandschaft, während der hintere Raum in einem dezenten Schatten liegt, mit seinen auf Schienen montierten Schlafzimmertüren, die lautlos vor- und zurückrollen. Die braungelb gepunktete 70er-Jahre-Couch. Der durchsichtige Plastiktisch mit einem Ensemble blauschwarzer Steine. Das Zimmer offenbart uns sein kostbares Interieur, erlaubt uns, ein letztes Mal einen Einblick in das Leben, das wir dort geführt haben, auch wenn es nur eine Nacht gewesen ist. »Goodbye. Tschüs.« Judith winkt dem Zimmer zu. Mit zurückgenommener Grazie, den Finger leicht abgespreizt, den Kopf schon halb weggedreht, bereit einzusteigen in den blauen Chevrolet Camaro, den wir uns von ihrer Tante ausgeliehen haben. »Goodbye.« Ich bleibe stehen, protestiere, denke, sie ist doch nachher wieder traurig, sie ist doch nachher wieder wehmütig gestimmt. Im Anza-Borrego Desert State Park, im Motel 6, in Palm Springs, im Schlafwagenabteil des Nachtzugs nach Paris, als wir Kyra besuchen, die bei einer EU-Behörde ein Praktikum macht. Selbst in diesen karg gepolsterten Räumen mit ihren an Krankentragen erinnernden Schlafliegen flüstert sie: »Tschüs.« Immerhin nennt sie das Schlafwagenabteil nicht Zimmer. Aber beim Abschied aus dem Hotel in der kalifornischen Wüste dreht sie den Kopf weg. Sie geht nicht mehr zurück, sie winkt dem Zimmer nur zu. Welche Schlussfolgerungen ziehe ich daraus? Ich schaue auf die Uhr. Wenn ich zwei Stunden vor Abflug am Flughafen bin, reicht es bestimmt aus. Als wir die Wohnung verlassen und zu unserem Spaziergang aufbrechen, frage ich mich nicht, ob sie sich von der Wohnung verabschiedet, in der ich noch bleiben werde, nachdem sie schon weggefahren ist, zu der sie aber nie zurückkehren wird. Sind die Fenster zu? Der Ventilator ausgeschaltet?

Ich gehe noch einmal durch die ganze Wohnung. Ich laufe hin und her, bleibe vor der orangenen Couch im Wohnzimmer stehen. Ich antworte dem sehnsüchtigen Bedürfnis des Zimmers nach einer Verabschiedung mit nichts anderem als mit einem langen Schweigen. Ich schaue auf den Ein-Dollar-Wecker. Er ist klein und rot und passt eigentlich nicht zu der Wohnung. »Tschüs. Goodbye«, sagt Judith. »Tschüs. Zimmer.« Tschüs, auf Wiedersehen. Bis bald.

5

Irgendwo muss Mads Christiansen sein, irgendwo zwischen den Tanzenden. Vielleicht vor dem hölzernen Podest, über dem in Großbuchstaben auf mehreren Plakaten Wicked Pictures steht und darunter die Namen der Darsteller. Die Tanzenden auf dem Schiff reißen die Arme hoch. Jack Sanders hat erst in fünf Filmen mitgespielt, während Manuel Torres schon bei zwanzig dabei gewesen ist. Seine Lippen ragen merkwürdig hell und verletzlich aus seinem Gesicht, er macht eine Drehung um seine eigene Achse. Er hat die meisten Zuschauer, während die Traube, die sich zuvor noch um den Holzfäller-Körper von Micky Powers gebildet hat, jetzt zu Jack Sanders abgewandert ist. Manuel Torres ist ein kleiner, stämmiger, stiernackiger Mann, der aber, wie ich von Mads Christiansen weiß, der eigentliche Star des Abends ist und jetzt, so kommt es mir zumindest vor, nach seinem halb erigierten Geschlechtsteil wie nach einem Lasso greift und es ein bisschen schüttelt. Oder müsste man sagen, zu zügeln versucht? Ich versuche zur anderen Seite zu kommen, aber es ist kein Durchkommen. Judith setzt sich das Vampirgebiss in den Mund. Wie schafft sie das, ohne dass ich es merke? Hat Kyra es ihr gegeben? Oder hat sie es doch unterwegs gekauft? Ich kann Mads Christiansen nirgendwo finden. Auf einmal muss ich an Gabriela denken. Ich sehe, wie Manuel Torres einem Mann mit einer kleinen Digitalkamera zulächelt, der vor ihm auf die Knie geht, während Torres sich in Pose stellt. Das Lächeln von Gabriela. Die Mittagspausen in ihrem Auto, in dem künstlichen Dämmerlicht des unterirdischen Parkhauses, ganz in der Nähe der Frauenparkplätze. Ihre dunkle Haut, ich muss immerzu an den Ausdruck dunkelgebeizt oder ebenholzfarben denken. Und wie sie sich an der großen Metalltür der Tiefgarage festhält. Die Gedanken an Gabriela. Rohe, ungestüme, zirkuläre Gedanken. Morgens bei einem kurzen Halt auf dem Weg in meine Praxis. Gedanken eines Chirurgen, der kurz vor der Operation steht. Und Gabriela, die sich mir nicht hingibt, sondern bei unseren Zärtlichkeiten immerzu protestiert. Ihr Lachen, als ich mich über sie beuge und sie mit verbalen Liebkosungen überschütte. An manchen Tagen fahre ich rechts ran, um diese Gedanken auf mich wirken zu lassen, als hätte ich gerade eine Nachricht empfangen oder müsste ein dringendes Telefongespräch führen, dabei habe ich mein Mobiltelefon absichtlich zu Hause gelassen, damit mich Judith nicht erreicht. Auf dem Seitenstreifen, in einer Parkbucht, höre ich in mich hinein, in der Hoffnung, meine Imagination würde noch intensivere Erinnerungen zutage fördern. Wie Gabriela und ich in ihrem silbernen Mitsubishi im Parkhaus in der Nähe der Fünf Höfe sitzen, und wie ich mit aller Kraft ihren Widerstand zu überwinden versuche, den sie mit der Lüsternheit, zu der sie fähig ist, aufrechterhält. Manchmal, in einer dieser zahllosen Mittagspausen, ich verlasse meine alte Praxis, die ich damals nur stundenweise gemietet habe, und Gabriela verlässt ihre kleine Schmuckboutique in den Fünf Höfen, erfasst mich eine große Müdigkeit, sodass ich auf ihrem halb entblößten Oberkörper beinahe zusammenbreche und aufgebe. Ich flüchte mich in poetische Beschwörungen ihrer Brustwarzen, die so schön sind, dass ich von Blumen spreche, von großen blühenden dunklen Blumen. Ich benutze bewusst kitschige Metaphern, alles andere würde sie überfordern, obwohl sie dann wiederum gerade für komplizierte und abwegige Komplimente zu haben ist, und wie sie dann sagt: »Wie bitte? Was sagst du da?« Zum Beispiel meine Behauptung, ihre Brustwarzen seien zwei große, auf ihren Brüsten schwimmende Blumen, deren Blüten nach innen gewachsen seien und deren Schönheit sich in ihr entfalten würde, ich aber sei der einzige Mensch, der von diesem Geheimnis wisse. Und deswegen erkläre ich ihr, bevor mein Mund diese nach innen wachsenden Blumen umschließt, dass sie in mich hineinwachsen und sich in mir entfalten würden. Ich erkläre ihr, dass dieses Geheimnis nur mir und ihr bekannt sei und dass man es auch nicht sehen, sondern nur fühlen und nur mit der Zunge ertasten kann. »Deine Blume blüht nur in meinem Mund«, flüstere ich ihr zu. Sie lächelt. Es ist vier Jahre her. Aber ich denke immer noch daran. An der Ampel in der Nähe des Josephplatzes oder zu Hause morgens unter der Dusche. Gabriela vor der Metalltür, die zur Tiefgarage führt. Die ganze Fahrt in mäandernden Bewegungen durch das Labyrinth der sexuellen Versteckspiele zwischen Gabriela und mir, die niemals irgendwo hinführen und kein Ende nehmen. »Das sind Blumen.« »Was?« »Ja, die da.« Ich zeige auf ihre linke Brustwarze. »Hä? Was?« Sie gibt ein glucksendes Geräusch von sich. »Ich meine«, sage ich, während ich mich aufrichte, »es sind Blumen, aber man kann sie nicht sehen, nur wir zwei. Willst du nicht mal …« Ich schaue sie an. Sie riecht nach nichts, ihr Körper ist von einer Perfektion, die etwas Klinisches hat. Und wie sie immer wieder sagt: »Ist das nicht schlimm? Ist das nicht schlimm, was wir hier machen?« Ihre Haut erscheint mir weich und hart zugleich. Und vielleicht schmerzt mich die Erinnerung deswegen, bohrt sich diese Erinnerung deswegen geradewegs in mich hinein. »Ich wünsche mir so sehr, dass du glücklich bist«, sagt sie. Ich erinnere mich an sie, morgens zwischen sieben und acht, zwischen acht und neun. In meiner Verzweiflung schaffe ich es nicht herauszufinden, ob meine sexuelle Fixierung auf sie nicht doch einen emotionalen Kern hat. Wenn ich sie also gerade zu diesem Zeitpunkt, zu dieser Tageszeit begehre, muss das doch bedeuten, dass die Gefühle für sie von so großer Kraft sind, dass sie den Morgen besiegen und den morgendlichen Horror überwinden. Dass sie also irgendwie wahr sein müssen. Eingeklemmt zwischen einem Schuhdiscounter und einer Papeterie liegt ihr kleiner Verkaufsraum. Abends schiebt sie die großen rahmenlosen Glastüren auf ihren in den Boden eingelassenen Schienen vor ihr beschämend schönes Lächeln. »Bist du glücklich?«, fragt sie. Die schwere Metalltür der Tiefgarage, der schmale schwarze Lackgürtel auf dem staubigen Betonboden zwischen ihren Beinen. »Du hast mich überall vollgespuckt«, sagt sie später, bei unserem rituellen abendlichen Telefonat, das wir führen, bevor ich die Praxis verlasse und bevor ihr Freund, der als Fernmeldetechniker bei der Telekom arbeitet, nach Hause kommt. Ich erinnere mich an sie. Von acht bis neun. Oder um sieben Uhr fünfunddreißig. Ihr Körper ähnelt dem von Manuel Torres, dem mittleren der drei Porno-Darsteller, der jetzt die meiste Aufmerksamkeit bekommt. Und was soll das um Gottes willen heißen? Was um Himmels willen soll das bedeuten? Ich denke es im Grunde ganz unschuldig. Auf dem Dampfer auf dem Hudson River. Die Stadt New York wie ein großer silberner Schrein, der immer heller und glänzender wird. Ich sehe Mads Christiansen. Er tanzt in der Mitte des Decks, von mehreren jungen Männern mit nacktem Oberkörper umgeben. Er tanzt mit geschlossenen Augen, rudert mit den Armen, die flach ausgestreckten Hände wie kleine Segel zwischen den anderen um ihn herumtanzenden Körpern. Er tanzt wie ein stählerner, blitzender Propeller, seine vom Schweiß glänzenden Hände schneiden in die Luft. Sein Körper duckt sich, taucht weg, schraubt sich dann wieder nach oben. Ich kämpfe mich langsam zu ihm durch, um ihn zu fragen, ob wir nicht einfach in Staten Island von Bord gehen sollen. Wir könnten irgendwo essen, und danach würde ich zu Judith fahren. Aber es ist nicht Mads Christiansen. Ich habe ihn mit jemand verwechselt. »He«, ruft plötzlich der Schnauzbärtige und wirft die Arme hoch. Er hat sein Unterhemd ausgezogen. »Wie geht es dir? Wie fühlst du dich?«

Das ist Mads Christiansens Theorie. All diese Männer sind »Ritter der Promiskuität«. Es sind hart arbeitende Menschen, die aber in ihrem Sexualverhalten vollkommen undurchsichtig sind. So wie die Politiker, unsere Entscheidungsträger, die im Grunde ihr Sexualleben vor sich selbst verheimlichen, so wie es mir jetzt auch Lamberts Vater zu bestätigen scheint. »Es hat keinen Sinn«, sage ich zu ihm, »wenn wir jetzt damit anfangen. Fünf Minuten vor dem Ende. Wir können das nächste Mal über Ihren Vater sprechen.« Ein großer älterer Mann weicht nicht mehr von Torres' Seite. Er ist stark behaart und hat eine von der Sonne verbrannte Halbglatze. Mit einer Hand hält er das Glied von Torres umschlossen und versucht, sich und Torres mit seinem Mobiltelefon zu fotografieren. Mein Blick streift die Szenerie nur. Er kann es nicht fassen, dass er es ist, der Torres' halb erigiertes Glied in der Hand hält. Blitzlichter flammen auf, haltlos wie brennende Geister. Wo ist Mads Christiansen? »Weißt du, was mir an Judith so gut gefällt?«, sagt er einmal, als wir bei seinem letzten Besuch in München auf dem Rückweg vom Café Freiheit zu unserer Wohnung über den nächtlich verlassenen Rotkreuzplatz laufen. Er hat seinen blütenweißen Kaschmirpullover um die Schultern gelegt und sieht aus wie ein großer dänischer Pfau. »Dass sie unberechenbar ist. Man weiß nie, woran man bei ihr ist. Trotzdem gibt es nichts Zweideutiges bei ihr, und ich habe es noch nie erlebt, dass sie sich über irgendetwas beklagt. Ich finde das sehr beeindruckend.« Er macht große, raumgreifende Schritte. Ein dänischer Pfau, der in München gelandet ist. Im Grunde redet er über sich selbst. »Und wie hilfsbereit sie ist. Wie verständnisvoll.« Manuel Torres weicht zurück. Er versucht, sein durch Hunderte von DVDs, durch Hunderte von Einstellungen geschleustes Organ wieder auf Vordermann zu bringen. Aber eine richtige Erektion bekommt er nicht hin. Der Schnauzbärtige grinst mir zu, als er mich unter den Zuschauern entdeckt. Er stellt sich neben mich. Ich lächele zurück, hoffe aber, dass er kein Gespräch anfängt. In diesem Moment sehe ich, wie eine Hand suchend über den Oberkörper von Manuel Torres tastet. Jemand muss hinter ihm stehen. Die Hand tastet über den Bizeps, den Oberkörper und halb über das Schlüsselbein. Es scheint, als versuche diese fremde, herrenlose Hand, die zum Glück nicht zu Mads Christiansen gehört, den Körper von Torres in Besitz zu nehmen.

Warum hilft Judith so gerne? Ihre Hilfsbereitschaft hat etwas Träumerisches. Sie hilft ohne Motiv, leidenschaftslos und gleichmütig. Beinahe jedes Wochenende übernachtet jemand bei uns. Der Augenblick der Großzügigkeit, ihr Gesicht, wenn sie das Korsett der Demut und Zurückhaltung durchbricht und sich auf einmal ganz verschwenderisch gibt. »Du kannst doch auch bei uns übernachten, wenn du willst«, sagt sie. Oder: »Bleib doch einfach bei uns, du musst doch jetzt nicht mehr nach Hause fahren.« Ihr Gesicht, im Glanz ihrer Hilfsbereitschaft, ist halb Verschwendung, halb Hingabe. »Also du weißt ja, wir haben diese Gästewohnung im Keller. Wenn du willst, kannst du gerne bei uns übernachten«, sagt sie zum Beispiel zu Ulrich, der seit zehn Jahren vergeblich über Husserl zu promovieren versucht und mich vor vier Jahren, in dem Jahr der großen finanziellen Krise, einmal fragt, ob es vielleicht nicht doch denkbar wäre, dass er bei mir eine Therapie anfinge und diese Therapie sich einzig und allein um die Fertigstellung der Husserl-Promotion drehe und nichts anderes im Sinn habe, als eine Therapie der Fertigstellung, eine Therapie dieses Prozesses zu sein. »Dann übernachte doch einfach bei uns«, sagt Judith. Diese feisten, immer leicht ironischen Absolventen aus den verschiedenen Promotions- oder Diplomandenkolloquien, diese von glasiger Teilnahmslosigkeit und entzündeten Nerven gleichermaßen eingerahmten und übertransparenten Menschen mittlerer Laufbahn, diese fröhlichen Intelligenzbestien. Torres wischt sich den Schweiß von der Stirn. »Hast du Lust?«, fragt der Schnauzbärtige. Er steht direkt neben mir, ich habe ihn gar nicht bemerkt. Er hat eine sehr hohe Stimme. »Es ist eine ganz zwanglose Runde.« Dieser Teil seiner Einladung hätte mich skeptisch machen müssen. »Wir trinken was und sitzen ein bisschen im Garten rum.« Er lädt mich zu einer Privatparty ein, zu der auch Mads Christiansen kommt. In Queens. Seine feuchten, glasigen Lippen. Schon jetzt und nicht erst später am frühen Morgen in Queens denke ich, seine Lippen sind die Grenze, das Äußerste dessen, was ich noch ertragen kann.

Irgendwann legt das Schiff an, nachdem es halb Manhattan und nach vielen Schlenkern und Schleifen die Freiheitsstatue umrundet und dann Ellis Island erreicht hat. Das Schiff macht Umwege, um die Fahrt in die Länge zu ziehen und die Dunkelheit abzuwarten, die der Präsentation der Darsteller die richtige Atmosphäre verschafft. Anfangs, kurz nach dem Ablegen, sieht man sie noch, knapp bekleidet, auf dem Oberdeck herumlaufen und erste kleinere Performances vorführen. Torres wirkt am Ende so, als weide er sich an der Lust, die ihn umgibt, als suhle er sich in ihr, während er seine Bewunderer von ihr erlöst, denen es dann genügt, Bilder von ihm mit nach Hause zu nehmen. Die heilige und unschuldige Einfalt der männlichen Sexualität. So wie Torres sie vorführt, wie er es zulässt, von insgesamt vier Männern berührt und stimuliert zu werden, sowie von zwanzig anderen angeschaut und abgelichtet zu werden, als sei er eine männliche Florence Nightingale, die von den Schlachtfeldern zurückgekehrt ist. Und tatsächlich ist er ein Krankenpfleger, wie ich später erfahre. »Ist die männliche Sexualität nicht im Grunde ganz unkompliziert?«, sagt Mads Christiansen, als wir vom Café Freiheit zurückkommen. A travelling nurse. Ein Pfleger. Ich erfahre es bei der Autogrammstunde. Ich frage mich, warum Mads Christiansen das immer wieder erklärt. Er sagt: »Homosexuell zu sein bedeutet, den Körper ernst zu nehmen.« Wir sitzen zusammen bei uns zu Hause und essen zu Abend. Judith hört ihm gespannt zu, mit ihren vom Wein geröteten Lippen, während er seine Darkroomgeschichten erzählt. »Besonders wenn man versteht, wie leicht der Körper verwundet und zerstört werden kann, neigt man zur Homosexualität«, erklärt er. »Dieses Hochgefühl und wie dann der Moment der Reinigung kommt und das Menschsein wird einfach aus einem ›herauskatapultiert‹.« Wir stoßen auf unsere Freundschaft an. Er liest Lee Edelmann und will mich überreden, mich auch wieder mit theoretischen Texten zu beschäftigen. Judith und ich trinken Sekt, Mads Christiansen Mineralwasser. Er hat als Sanitäter gearbeitet in seinem früheren Leben. Als seien seine sexuellen Vorlieben aus den altruistischen Neigungen in seiner Jugend, als er sich für das Dänische Rote Kreuz engagierte, zwangsläufig hervorgegangen. »Ob wir da mal hingehen sollten? Ob wir so etwas auch mal machen sollten?«, fragt Judith, als Mads Christiansen in unsere Gästewohnung gegangen ist und sich schlafen gelegt hat. »Wohin?«, frage ich. »In so einen Raum, einen Darkroom«, sagt sie und nimmt für einen Moment ihre elektrische Zahnbürste aus dem Mund. Später sitzen alle Darsteller unter Deck, nach einer improvisierten Tombola, bei der Kondome, DVDs und Freikarten für die nächste Dampferfahrt verteilt werden und geben Autogramme. Sie alle, Torres, Sanders und Powers, sitzen mit dicken schwarzen Filzstiften bewaffnet an einem langen Tisch und signieren Fotos, die auf einem anderen Tisch liegen und die man sich einfach so nehmen kann. Mads Christiansen bleibt verschwunden. Als der Entschluss in mir heranreift, die Einladung des Schnauzbärtigen anzunehmen und mit zwei anderen Freunden von Mads Christiansen zu der Party nach Queens zu fahren, ist er schon nicht mehr da. Er ist vielleicht wirklich in Staten Island von Bord gegangen und mit der Fähre zurück nach Manhattan gefahren. Vielleicht muss er sich noch auf seinen Vortrag vorbereiten. Er hat im Gegensatz zu mir seine Sexualität fest im Griff. Er masturbiert täglich, wie er sagt, aus »psychohygienischen« Gründen. Das Schiff legt an. Torres duckt sich, klammert sich an den Filzstift, mit dem er Autogramme gibt. Ich habe das Gefühl, er kann gar nicht schreiben, so komisch und unbeholfen sieht seine Schrift aus. Wie eine auf den Kopf gestellte Ruine, die beiden »r« in seinem Namen wie zwei zu Strichen verkümmerte Säulen eines Tempels. »Warum tust du so etwas?«, könnte ich ihn fragen. »Warum tust du dir so etwas an? Geht da nicht alles in die Brüche? Deine Würde? Deine Seele? Geht das nicht alles den Bach runter?«

Ich stehe an der Reling und schaue auf Manhattan. Die Lichter der Türme im Finanzdistrikt breiten ihren Glanz sanft und gleichmäßig über dem Wasser aus. Ich frage mich, wie viel Geld ich Michael und Janette geben soll. Sind vierzig Dollar genug? Das Licht sickert in gräulichen Schwaden hinunter. Die Türme leuchten in großer Selbstgewissheit. In einigen Büroräumen leuchtet es so intensiv, als säßen die Angestellten noch in der Nacht mit kleinen Spiegeln an ihren Plätzen, um die Partyteilnehmer auf dem Dampfer zu blenden. Irgendwo dahinter, irgendwo eingeschlossen und von gewaltigen Steinmassen umgeben, liegt der Port Authority Bus Terminal. Mit seinen Treppen, Fahrstühlen, Fluren und Warteschlangen, Zwischengeschossen und Durchgängen. Es ist weniger ein Gebäude als eine aus mehreren zu absolvierenden Stationen bestehende Verabschiedungsfabrik, in der wir es fast bis zum Ausgang oder, je nachdem, wie man es sieht, bis zum Eingang geschafft haben. Das ist die Erkenntnis. In der Schlange, im Port Authority Bus Terminal, die Erkenntnis: Judith ist gelassener als ich. Sie denkt, ich halte es ohnehin nicht ohne sie aus, und dann stehe ich wieder am Flughafen. Die Selbstverständlichkeit, mit der sie annimmt, es sei in finanzieller Hinsicht kein Problem. »Hast du nicht gesagt, du nimmst sowieso keine Klienten mehr an?« *Man muss den Druck auf das psychische System erhöhen, wenn es im Inneren brüchig ist*, schreibe ich in mein Notizbuch. *Erhöhe den Druck, den Aufmerksamkeitspegel, den seelischen Spannungszustand.* Busnummer 429, Zielort Washington, D.C. Judith möchte unbedingt schon am frühen Abend zurück sein. Ob sie mit jemandem zum Abendessen verabredet ist? Ich kann es nicht herausfinden, weil ich sie immer unterbreche. Drei Meter vom Ausgang entfernt. Zwei, drei Reisende, die noch vor uns sind. Weil ich sie mit meinem Schweigen gar nicht mehr zu Wort kommen lasse. Ich erkenne zu spät, dass ich gar nicht bis zum Bus mitkommen kann. Ein Mitarbeiter der Busgesellschaft kontrolliert die Fahrausweise schon vor Betreten des Areals, in dem die Busse warten. Der Bus erinnert mich, wie er windschnittig und silbern vor uns steht, an den Amtrak-Zug, mit dem wir im Frühling von Washington nach Baltimore gefahren sind. Und wie wir dann, in einem Moment unwirklicher Harmonie, in der Sonne am Hafen sitzen, den ich am Morgen schon allein erkundet habe, ohne sie. Eine Frage drängt sich mir schon in diesem Moment auf, während ich überlege, ob ich Michael und Janette gegenüber nicht ein bisschen großzügiger sein soll, nämlich die Frage, was eigentlich Judith über dieses Wochenende denkt. Ist ihr eigentlich bewusst, dass ich letztlich nur wegen ihr gekommen bin? Drei Minuten, die uns noch bleiben, bevor sie zurück nach Washington fährt, und ich sehe sie die nächsten zwei Monate nicht mehr wieder. Was ist passiert? Was ist eigentlich wirklich zwischen uns in New York passiert? Ich umrunde Manhattan, in einem Schiff mit Hunderten von Männern. Warum bin ich nicht in Washington? Das Licht gleitet aus dem Mond, verliert sich, tröpfelt in die schmalen dunkelgrauen Wolkenbänder hinein. Erst als ich mich schon halb abwende, sehe ich die Spiegelung auf dem Wasser, die tänzelnde, fast hämische Fortsetzung des Lichts auf den kleinen, gekämmt wirkenden Wellen, die vom Finanzdistrikt zu uns herüberrollen. Turm für Turm vibrierend vor Emphase und Lichtseligkeit. Ich überlege, ob ich die Summe nicht verdoppeln oder besser verdreifachen soll, und während ich das noch überlege und darüber nachdenke, wie viel Geld ich Janette und Michael nun zurücklassen soll, stelle ich, in einem Moment ungläubigen Staunens, während ich meine Armbanduhr mit dem Ziffernblatt des Weckers vergleiche, plötzlich fest, dass die Uhrzeit auf meinem Ein-Dollar-Wecker nicht stimmt, dass es genau eine Stunde später ist und dass ich mit großer Wahrscheinlichkeit meinen Flug verpasse.

Teil Zwei

1

Die beiden Taschen hinter mir herziehend, versuche ich die U-Bahn-Station Grand Street zu erreichen. Draußen ist die Hitze noch größer. Ich könnte ein Taxi nehmen, ich könnte auf Nummer sicher gehen. Was bedeutet mir Judith eigentlich. Liebe ich sie noch? Ich ziehe die Taschen hinter mir her, in einer von ihnen, zwischen der gebrauchten Unterwäsche vergraben, das grüne Plastikkreuz, das ich ihr nicht gegeben habe. Ich könnte mit dem Taxi fahren. Ich könnte kein Risiko eingehen, denke ich, die Taschen in einer ausholenden Bewegung auf meinen Rücken hebend. »Es ist eine Zeit, die Sie für sich nutzen können«, sage ich zu Lambert. »Sie können darüber nachdenken, was Ihnen die Therapie bedeutet und wie unsere Zusammenarbeit in Zukunft aussehen soll.« Die Ereignisse überlagern sich, wiederholen sich, löschen sich gegenseitig aus. Und warum nicht einfach in drei Wochen nochmal nach Washington fahren? Ich schleppe mich vorwärts. Die Zeit, die ich in meinem ganzen Leben bei unnötigen Verrichtungen und sinnlosen Gedanken vergeudet habe, staut sich jetzt vor mir auf. Ich könnte ein Taxi nehmen. Aber allein, um auf dem Weg zur U-Bahn keine weitere Zeit zu verlieren, sehe ich mich nicht mal nach einem um. Judith hasst es, unter Zeitdruck zu geraten. Wie oft habe ich sie bei den von mir verschuldeten Wettrennen gegen die Zeit hinter mir hergeschleift und ihre Gesundheit aufs Spiel gesetzt. »Ich habe meinen Inhalator vergessen.« Schon nach wenigen Schritten gibt sie auf. Ich kann mich nicht erinnern, sie überhaupt einmal laufen gesehen zu haben. Auch jetzt wäre sie zweifellos längst stehen geblieben und hätte schon allein aus Protest zu atmen aufgehört. Ich laufe weiter, obwohl ich weniger laufe als stolpere. Das Gewicht der Taschen. Die Hitze. Die Formulierung: »Können wir nicht genauso gut zu Fuß gehen.« Judith will lieber Taxi fahren. Als wir im Frühling bei unserem Ausflug nach Baltimore am späten Abend den Bahnhof erreichen und es um die Frage geht, ob wir uns im strömenden Regen zu Fuß auf die Suche nach einem Hotel machen oder ob wir nicht lieber ein Taxi nehmen sollen, sage ich den Satz: »Ich würde lieber zu Fuß gehen.« Wir halten es in Washington nicht aus. Ich fliege zehn Stunden, um mit ihr zusammen zu sein. Und dann fahren wir nach Baltimore. 55 Grad gefühlte Temperatur, zweihundert Meter bis zum in die Tiefe führenden U-Bahn-Schacht. Hundertfünfzig Meter bis zur nächsten Straßenkreuzung. »Ich würde lieber zu Fuß gehen.« In Baltimore, bei strömendem Regen. Wir haben nicht einmal einen Regenschirm. Baltimore. Das könnte das letzte Mal gewesen sein, dass wir miteinander geschlafen haben. In New York haben wir uns noch nicht mal richtig umarmt. »Lass uns lieber zu Fuß gehen.« Ich kann mich nicht mehr erinnern, ich kann mich nicht mehr an die Nacht in Baltimore erinnern. Zwei Monate später. Eine Stunde, die ich verloren habe, weil ich beim Kauf eines Weckers, der nur für die Zeit meines Aufenthalts in New York gedacht war, sparen will. Aber der Wecker bleibt stehen, und zwar ausgerechnet am Tag meines Abflugs. Ich erreiche den U-Bahn-Eingang, die abgetretenen, schmierigen Treppenstufen. Die Hoffnung, hier auf dem Weg in die Unterwelt würde mir so etwas wie kühle Luft entgegenwehen, wird enttäuscht. Tatsächlich ist der U-Bahn-Eingang Grand Street ein einziger schwarzer Schlund. Ich drehe mich um. Ein Taxi fährt über die Kreuzung. Warum konnten wir nicht ein bisschen großzügiger sein, ein bisschen verschwenderischer? »Ich glaube, dass ich lieber laufen will«, sage ich zu ihr am leeren, deprimierenden Bahnhof in Baltimore, in dem sich die ankommenden Reisenden in Sekundenschnelle in alle Himmelsrichtungen zerstreuen. Ich gehe die Treppenstufen nach unten. Eine Stunde im Rückstand, eine Stunde zu spät. Gierig und hemmungslos reißt das große schwarze Tier sein Maul auf. Und ich habe nichts Besseres zu tun, als die Augen zu schließen und mir zu sagen: Du schaffst es schon, du hast es bisher immer geschafft. In deinem ganzen Leben hast du noch keinen Flug verpasst.

Die Hälfte ihrer Schuhe ist noch immer in München. Sie stehen aufgereiht in einer langen Reihe neben der Eingangstür im Flur an der Wand. Wir reden ständig darüber, ob ich ihr nicht ein paar von ihnen nach Washington schicken soll, und wir vermeiden beide die Frage, was sie mit all den Schuhen dort soll, wenn sie doch wieder zurückkommt. Ich liebe ihre Schuhe. Ich rücke ihre Schuhe nicht heraus. Obwohl mich ihr Anblick stört. »Alles kein Problem«, sagt der freundliche, aber auch etwas phlegmatische MTA-Mitarbeiter. Aber schon im Tunnel, schon hinter der Absperrung, als ich auf dem Bahnsteig stehe, zweifele ich daran. Beruht seine Zuversicht auf einem Missverständnis? Wie kann er behaupten, dass es kein Problem geben wird. Wie kann er sagen: »Keine Sorge. Das schaffen Sie schon.« Was ist in Baltimore passiert? Was ist der Unterschied zu New York? Bei meinem Versuch, die Ereignisse in die richtige Reihenfolge zu bringen, spielt Baltimore eine entscheidende, aber nicht die entscheidende Rolle. Schon am Abend nachdem Judith aus New York abgefahren ist und ich der Hitze wegen in eine Starbucks-Filiale in der Nähe des Central Parks gehe, um in der klimatisierten Luft wieder zu einem klaren Gedanken zu kommen, fange ich eine Liste an, so wie sie es tut, eine Liste der Schauplätze unserer Beziehung. Gegen die tyrannische Chronologie meiner Seele gerichtet, die an sich keine Chronologie kennt, sondern nur pure Gleichzeitigkeit, pures Simultandolmetschertum von Gefühlen und Bildern. Eine einzige Gleichzeitigkeit von Erinnerungen, die nur angedeutete Erinnerungen sind, Erinnerungen wie angetäuschte Bewegungen eines Sportlers, eines Boxers oder Fußballspielers, der im letzten Moment verzögert. In diesem Zusammenhang von einer Chronologie zu sprechen ist natürlich ein Witz. Ich sitze bei Starbucks, kurz nachdem sie mit dem Bus abgefahren ist, versuche die misslungene Verabschiedung zu verdrängen und mache eine Liste. Ich schreibe alles untereinander, einerseits zeitlich und andererseits nach seiner Bedeutung geordnet. Mein Getränk, absurderweise ein heißer Kaffee, dampft neben mir wie eine kleine autarke Fabrik, in der gearbeitet wird, während ich auf mein aufgeschlagenes Notizbuch starre. Leute kommen herein, stellen sich geduldig an, holen sich ihre Ration Klimaanlagenluft ab, kaufen sich große üppige aromatisierte Kaffeegetränke, bei denen die Sahnehäubchen unter einer Plastikglaskuppel verborgen sind. Ich versuche meine Liste zu machen. Im Gegensatz zu Judith hasse ich Listen, und ich verachte Menschen, die sie führen und so etwas nötig haben. Ich schreibe schnell, noch immer schwitzend, den heißen Kaffee neben mir, den Judith niemals auch nur angerührt hätte, da sie den Kaffee von Starbucks nicht leiden kann:

Dupont Circle
Baltimore
Anza-Borrego Desert State Park
Primm
Schlosspark Nymphenburg

Dann komme ich nicht weiter. Es ist überhaupt keine Liste. Es ist eine Aneinanderreihung von Namen, so wie ihre Schuhe im Flur unserer Wohnung in München eine Aneinanderreihung von geträumten Spaziergängen sind. Wie Spaziergänge, die jemand ohne sie gemacht hat und von denen er noch immer nicht wieder zurückgekehrt ist. Sie stehen in aller Gelassenheit und Friedlichkeit nebeneinander. Ich könnte die orangenen Turnschuhe wegwerfen, obwohl ich diese Schuhe, die ich an ihr eigentlich nicht leiden kann, jetzt von allen Schuhen am meisten mag. Die Liste müsste strenggenommen mit Marburg beginnen, wo wir das Fahrrad gekauft haben, oder mit Paris, als wir mit dem Nachtzug angekommen sind und uns der aalglatte, pickelige Autovermieter einen Smart mit offenem Verdeck andrehen will, obwohl wir eigentlich einen doppelt so großen Wagen reserviert haben. Und dann ist Kyra gar nicht da, sondern mit ihrem Liebhaber nach Brüssel gefahren. Sie könnte aber auch mit dem Port Authority Bus Terminal beginnen, wo wir uns zum letzten Mal gesehen haben und wo zum ersten Mal eine Verabschiedung auf groteske Weise schiefgegangen ist. In diesem Moment tue ich noch so, als würde dieser Ort, der doch nur wenige Straßenkreuzungen von mir entfernt liegt, gar nicht existieren. Die Orte, unsere Orte, sind tatsächlich der Schlüssel, die Lösung für das ganze Problem.

Ihr hochgebundenes Haar im Flugzeug von Paris nach München, drei Reihen vor mir, da wir keine Sitzplätze nebeneinander gefunden haben.

Ihre Blicke oder dieser eine Blick, den sie mir zuwirft, kurz nachdem wir gestartet sind, in 576 Meter Höhe.
Ihr glühendes Gesicht in dem Seafood-Restaurant in Valparego, als wir nach zweistündigem Herumirren endlich etwas gefunden haben, das meinen Ansprüchen genügt.
Der Eindruck von Glück, als sie endlich bestellen kann.
Wie sie bestellt …
Wie sie mich anlächelt, unsicher in einem Zustand sich abzeichnender Demütigung, in dem Augenblick, in unserer Gästewohnung, als ich …
Wie sie den Riemen ihrer Tasche hochzieht in der Lucien-Freud-Ausstellung, von der ich nicht weiß, wo sie gewesen ist.
Wie sie den Artikel über Walter Benjamin aus der Zeitung ausschneidet, an einem Sonntag im Café Ruffini.
Wie sie The Drowned World liest und dabei mit einer Haarsträhne ihre Oberlippe streichelt.
Wie sie Tiefkühlpizzen in unserem Gefrierfach sortiert.
Wie sie nach einem Telefonat mit ihrer Mutter ins Wohnzimmer kommt und mich umarmt.
In dem Hotel in Primm im zweiundzwanzigsten Stock.
In dem Hotel in Baltimore im vierzehnten Stock.
Als ich morgens …
Wie sie mich ansieht, auf der nach unten zu unserer Gästewohnung führenden Treppe mit den kalten Marmorstufen, als ihre Sandalen von ihren Füßen gerutscht sind.

Ich unterbreche die Liste. Es ist schon keine Liste mehr. Baltimore. Anza-Borrego Desert State Park. Dupont Circle. Es könnte eine Liste mit drei Orten sein, ich füge noch Palm Springs hinzu, Schlosspark Nymphenburg, Paris, das Glockenbachviertel. Es kann gar keine Chronologie geben. Alle Formen der Erinnerung schließen die zeitliche Dimension mit ein und verunmöglichen jeden Versuch, irgendeine Orientierung zu finden, irgendeine Ordnung herzustellen. Die Möglichkeit, eine Erinnerung wieder zu verlieren, scheint am Anfang noch undenkbar. Am Anfang ist es immer nur die Sehnsucht, die alles bestimmt. Wir trennen uns, verabschieden uns, und schon werden wir von dieser großen Sehnsucht erfasst, die alles überlagert. Und dann schlägt die Sehnsucht irgendwann um und verausgabt sich in der maßlosen und unmenschlichen Geschwindigkeit des Vergessens.

Die Marmorstufen, die zu der Glastür führen, hinter der sich unsere Gästewohnung befindet ...

Baltimore, nachts im Hotel, als würden uns tausend Fernsehkameras beäugen.

Der Anza-Borrego Desert State Park, nachts im Auto. Wie wir uns Geständnisse machen, mitten in der Wüste.

Auf der Rückbank im Taxi, als wir auf dem Weg zum Flughafen sind, kurz bevor sie das Vampirgebiss hervorholt.

Es schleichen sich Ungenauigkeiten ein. Ich schlage die Seite im Notizbuch um, während der Kaffee allmählich zu dampfen aufhört, ich mich aber noch immer außerstande sehe, ihn zu trinken. Schließlich, und es ist schon der dritte oder vierte Versuch, besteht meine Liste nur noch aus Baltimore-Erinnerungen.

House of Pancake.

Das Fischrestaurant am Abend.

Der betrügerische Hotelchauffeur.

Der ekelerregende Schleim auf meinem Teller, der Meeresfrüchte-Salat heißt.

Das Edgar-Allan-Poe-Haus.

Das Motorschiff im Hafen, das den Müll aufsammelt.

Ich breche die Liste ab und schlage das Notizbuch wieder zu. Ich überlege, ob ich aufbrechen soll, fürchte aber dann, dass ich der Hitze noch nicht gewachsen bin. Ich blättere in *The Drowned World*, dem Roman, den ich mir eigens noch einmal gekauft habe, um ihn vor der Ankunft von Judith zu lesen, damit wir darüber reden können. Nicht unweit der Starbucks-Filiale, im Central Park, habe ich noch gedacht, ich hätte diese Verabschiedung nicht zulassen sollen. Plötzlich stehe ich auf und verlasse die Starbucks-Filiale. Plötzlich erhebe ich mich. Genauso wie ich mich plötzlich, als ich noch auf dem Weg zur U-Bahn bin, nach dem über die Straßenkreuzung Grand Street/Bowery Street fahrenden Taxi umdrehe und überlege, ob ich nicht doch mit dem Taxi zum Flughafen fahren soll, weil ich so sehr unter Zeitdruck stehe und das Risiko, den Flug zu verpassen, sehr hoch ist. Aber dann gehe ich doch weiter. Ich kann die Wohnung nicht in dem Gefühl verlassen, die Reise nach New York sei gescheitert. Ich stehe auf dem Bahnsteig und warte, während ich überlege, ob ich nicht umkehren soll. »Kein Problem«, sagt der MTA-Mitarbeiter. Im Central Park gerate ich so sehr ins Schwitzen, dass ich es nicht mehr aushalte. Graugrüne, fleckige Bäume, klebrige Blätter, auf denen eine weißlich schimmernde Spur von Ausdünstung zurückgeblieben ist. Hechelnde, sich im lauen Wind vorbeugende Sträucher. Die Parkbank eine Ruine, die von Ruhesehnsüchtigen zurückgelassen worden ist und langsam verfällt. Ein Gefühl übermannt mich, für das eigentlich Judith die Expertin ist, die eine Schwäche für postapokalyptische Gefühle hat. Ich hätte *The Drowned World* weiterlesen sollen. Vielleicht hätte sie meine Meinung zu dem Buch interessiert. In diesem Roman versinken die Hochhäuser New Yorks in den über die Ufer tretenden Meeren, und nur noch in den obersten Stockwerken halten sich die wenigen Überlebenden über Wasser. Somnambule, genialische Wissenschaftler, deren Einsamkeit lüstern und verwegen ist. Ich muss aus dem Central Park flüchten. Das postapokalyptische Gefühl von Judith. Ich habe mir noch keine Gedanken darüber gemacht, warum sie eine Neigung dazu hat. Hat sie nicht in Wirklichkeit ein durch und durch sonniges Gemüt? Als wir in Baltimore im strömenden Regen am Bahnhof sitzen und darüber diskutieren, ob wir ein Taxi nehmen oder zu Fuß gehen sollen, gerate ich auf einmal in einen Zustand, den ich jetzt, im Nachhinein, während ich auf die Ankunft des L-Train warte, nur noch als Erstarrung bezeichnen kann. Ich muss mich auf eine der Holzbänke setzen. Judith hat immerhin noch die Kraft, bei den Hotels anzurufen, um nach günstigen Übernachtungsangeboten zu fragen, während wir unabhängig davon noch immer darüber diskutieren, ob wir nicht lieber doch zu Fuß gehen sollen. Oder, wie Judith sagt, ob wir nicht einfach irgendwas machen sollen. Sie meint: Ob wir nicht einfach endlich damit anfangen sollen, unser Wochenende in Baltimore zu genießen, statt im strömenden Regen am Bahnhof herumzusitzen. Ich springe auf, in der Starbucks-Filiale zwischen Port Authority Bus Terminal und Central Park, zwischen gescheitertem Verabschiedungsversuch und Hitzekollaps. Die Ankunft des L-Train verzögert sich. Fünf Minuten Verspätung. »Kein Problem. Sie schaffen das.« Auf einmal schäme ich mich, dass ich so schwitze, und ich denke, ich muss mich dagegen zur Wehr setzen. Spielt es denn überhaupt eine Rolle, was in Baltimore passiert ist? Spielt es eine Rolle, ob wir miteinander geschlafen haben? Ich sitze auf einer Holzbank in der Bahnhofshalle und klammere mich an der Plastiktüte fest, in der wir unseren Müll sammeln. Judith telefoniert.

Ich höre, wie sie die Münzen in das Telefon wirft, wie sie mit ihrer freundlichen Telefonistinnenstimme bei den Hotels anruft. Warum, um Gottes willen, sind wir nicht einfach losgelaufen, warum nicht einfach gefahren, im Taxi, warum habe ich nicht einfach zwanzig Dollar aus dem Fenster geworfen, warum nicht einfach hundertzwanzig Dollar aus den geöffneten Fenstern des Taxis hinausgeworfen, in dem wir nicht zu dem Hotel, für das wir uns schließlich entschieden haben, gefahren sind? Ich klammere mich an diesen Moment fest, die Telefonate mit den Hotels, die Unentschlossenheit angesichts des Regens. Judith sagt nichts. »Sollen wir nicht lieber zu Fuß gehen?«

2

Die U-Bahn fährt ein. Ich muss mich entscheiden. Soll ich einsteigen? Oder soll ich doch mit dem Taxi fahren? »Ich verstehe, dass Sie mir das erzählen wollen«, sage ich zu Lambert. »Aber wir haben jetzt nur noch fünf Minuten, und ich denke, es ist das Beste, wir verschieben es und sprechen das nächste Mal darüber.« »Das nächste Mal?«, wiederholt Lambert. Ich halte die Luft an, schaue zu, wie der Zug einfährt und langsam zum Stehen kommt. »Wieso können wir die Stunde nicht überziehen, wieso können wir nicht länger machen?«, fragt Lambert. Ich würde gerne wissen, welche Ursachen der Karriereknick seines Vaters hat, halte mich aber mit Fragen zurück. Lambert mokiert sich darüber, wie sein Vater sich bei öffentlichen Auftritten verhält und wie ungepflegt er immer aussieht. Dann wieder beklagt er, dass er in seinem ganzen Leben noch kein einziges persönliches Gespräch mit ihm geführt hat und dass sein Vater ihn immer im Unklaren darüber lässt, was er denkt und was er empfindet. »Aber ich kann Ihnen sagen, woran er gescheitert ist«, sagt Lambert. Ich lasse ihn nicht zu Wort kommen. Ich erkläre ihm, dass wir das nächste Mal darüber reden. Ich versuche es langsam angehen zu lassen. Ich sage mir: »Du schaffst das schon mit dem Flug.« Und ich frage mich: »Was ist eigentlich in Baltimore genau passiert?« Morgens um halb sieben, als ich mich zögernd und dann immer entschlossener vom Hotel entferne, das wir spät in der Nacht nach einem langen Fußmarsch doch noch gefunden haben. Ich verlasse das Hotel, so wie ich damals heimlich unser Schlafzimmer verlasse, um im Englischen Garten nach dem verlorenen Turnschuh zu suchen. Morgens um halb sieben. Ich hinterlasse noch nicht einmal eine Nachricht. Vielleicht denke ich, dass ich in ein paar Minuten wieder zurück bin. »Ach egal«, sagt sie, als wir einen der orangenen Turnschuhe bei unserem nächtlichen Spaziergang verlieren. Es macht ihr nichts aus, wenn sie etwas verliert. Gegenstände bedeuten ihr nichts, obwohl sie ständig irgendetwas kaufen möchte und nach irgendetwas Sehnsucht hat. Es ist ein No-Name-Turnschuh, ein im Grunde hässlicher Schuh, den sie bei einer ihrer Shopping-Touren erstanden und in den sie sich vielleicht gerade deswegen verliebt hat, weil er so billig und schäbig ist. Manchmal denke ich, hoffentlich gehen sie bald kaputt, hoffentlich ist es mit den orangenen Turnschuhen bald vorbei, und dann schleiche ich mich morgens aus dem Haus, um im menschenleeren Englischen Garten nach ihm zu suchen. Verlasse ich deswegen auch unser Hotel in Baltimore? Um ihr eine Freude zu machen? Wir laufen nachts barfuß durch den Englischen Garten. »Fühlst du, wie weich das Gras ist?«, fragt Judith. Wir bekommen einen Lachanfall, als wir merken, dass wir ihn verloren haben. Die Schuhe sind eigentlich auf dem Gepäckträger des Marburg-Fahrrads verstaut, aber einer der orangenen Turnschuhe fällt herunter. »Das ist ein schlechtes Omen«, sagt Judith. »Jetzt ist das Paar nicht mehr vollständig.« Der Verlust eines Gegenstandes löst in ihr nichts aus, während es für mich eine existenzielle Bedrohung darstellt. Schon allein der Gedanke, sie könnte etwas verlieren, macht mich nervös. Und sie verliert oft etwas, sie hätte auch das grüne Schmuckkreuz verloren, genauso wie sie den Zehenring verloren hat, den wir bei unserer Reise in der Wüste gekauft haben. Wir entdecken ihn in einem heruntergekommenen Andenkenladen in der Nähe von San Diego. Es ist ein Ring mit einem aufgeklebten Plastikdiamanten für sieben Dollar fünfzig, und wir kaufen ihn eigentlich nur, weil das andere Paar, das in seinem weißen Ford Voyager die ganze Zeit hinter uns herfährt, plötzlich anhält und auch aussteigt. Sie lässt ihn einfach auf dem Badewannenrand in einem Hotelzimmer in Primm liegen. »Das ist nicht so schlimm«, sagt sie, als sie bemerkt, dass der orangene Turnschuh weg ist. »Das ist nicht so schlimm?«, wiederhole ich. Ich will das Fahrrad für sie schieben, damit sie suchen kann, aber sie klammert sich an den Lenker fest. »Dann musst du Paartherapie mit ihm machen.« »Mit ihm?« »Mit dem Schuh.« »Aber es ist nur einer.« »Ja, deswegen musst du ihm helfen.« Es ist in der Nacht, in der Kyra ihre Abschiedsparty feiert. Judith hat die Idee, durch den Park zu laufen, weil sie glaubt, ich hätte zu viel getrunken, um mit dem Auto zu fahren. Aber in Wirklichkeit habe ich natürlich nichts getrunken. »Ich soll dem Schuh helfen?«, frage ich. »Du darfst nicht Schuh zu ihm sagen, es ist ein Turnschuh. Hilf ihm.« Sie stützt sich auf dem Lenker ab, sie hat zu viel getrunken, sie kann kaum noch weitergehen. »Aber wir müssen erst den anderen finden«, sage ich, und wir laufen wieder zurück, aber sie hat schon nach ein paar Metern keine Lust mehr. »Versprichst du, dass du Paartherapie mit ihnen machst, wenn du ihn gefunden hast?«, sagt sie noch, aber wir finden ihn nicht. Am nächsten Tag bin ich kurz nach Sonnenaufgang im Englischen Garten, um nach ihm zu suchen. Ich verlasse das Haus, so wie ich das Hotel verlasse, heimlich, ohne dass ich ihr etwas davon sage. Ich suche über eine Stunde und werde immer nervöser, als die ersten Jogger aus den schattigen Waldstücken herauspreschen und anfangen, ihre Runden zu drehen. Als ich später nach Hause zurückkehre und sie noch immer schläft, gehe ich ins Badezimmer, reinige den Schuh und stelle ihn dann neben sie aufs Kopfkissen. In Baltimore lasse ich sie drei Stunden allein. Ich bringe ihr nichts mit. Nicht einmal ein billiges Schmuckkreuz. Ich habe das Gefühl, dass wir unbesiegbar sind, als ich durch den Englischen Garten laufe. Uns kann nicht das Geringste passieren, denke ich, während ich angestrengt auf den Boden starre, und dann sage ich mir: »Dieser verfluchte Schuh, hoffentlich finde ich ihn.«

Ich steige ein. Ich schaffe es, oder ich schaffe es nicht. Ich ziehe das Gepäck hinter mir her und suche mir einen Platz in der Nähe einer Tür. Es sind neun Stationen, die ich mit dem L-Train fahre, neun Stationen bis ich umsteigen muss. Diese Ausweglosigkeit hat mit einem Mal etwas Beruhigendes. Als ich durch die leeren Straßen von Baltimore laufe, denke ich nicht an Judith. Ich bin froh, dass ich aus dem Hotelzimmer raus bin. Selbst die noch geöffneten Nachtclubs und Bars haben etwas Ernstes und Tiefgründiges. Als wäre dort nachts besonders hart und intensiv gearbeitet worden. Die quadratische Anordnung der Häuserblöcke und das Gitternetz der rechtwinklig angelegten Straßen, die Gleichförmigkeit ihrer Kreuzungen wiegen mich in Sicherheit und betäuben mich. Ich entferne mich mit dem Gefühl, dass ich jederzeit in unser Hotel zurückkehren kann. Judith schläft, sie hat sich in ihrem Jogginganzug unter der Bettdecke verschanzt. Sie schläft, raune ich mir zu. Kein Problem. Du brauchst dich nicht um sie zu kümmern, brauchst dir keine Gedanken um sie zu machen. In einer plötzlichen Vision sehe ich mich in dem morgendlichen Halbdunkel des Zimmers einer Gestalt gegenüber. Ein ungebetener Besucher, der vor mein Bett tritt. Es ist weniger eine Gestalt als ein Gebilde. Eine halb röhrenförmige halb abstrakte Struktur, die sich vergrößert, wenn man mit ihr in Kontakt zu treten versucht. Dann aber wird sie ungreifbar und verliert alle Dimensionen. Eine solche Gestalt, ein solches Gebilde einen »Besucher« zu nennen, ist natürlich nur ein ironischer Bewältigungsversuch, so wie ich einmal einer Klientin geraten habe, ihren Ängsten Namen zu geben, um sie einerseits zu identifizieren, aber andererseits auf spielerische Weise mit ihnen umzugehen und sozusagen mit ihnen ins Gespräch zu kommen. Ein schmaler Streifen Licht wird zwischen den Vorhängen sichtbar, fließt langsam über den Teppich ins Zimmer. Das Fenster bildet eine breite großzügige gläserne Front, die an der stählernen Gebäudekante scharf nach links abbiegt und parallel zu der Bettseite, auf der Judith schläft, weiterverläuft. Der Besucher bleibt anonym, er nimmt keine menschlichen Züge an. Aber es ist eine andere Angst als meine Angst, den Flug zu verpassen. Oder meine Angst auf dem Dupont Circle, als ich in der Mittagspause eine Stunde lang auf Judith warte. Es ist eine haltlose und konfuse Angst. Eine Angst, gegen die ich nichts ausrichten kann. Als ich mich entscheide, aufzustehen und spazieren zu gehen, denke ich noch, dass ich sie einfach vertreiben kann. Ich stehe auf und verlasse das Hotel. Ich ahne schon, dass ich nicht so schnell zurück sein und dass ich mich an diesen Spaziergang noch lange erinnern werde. Der Dampf, der aus dem Gulli steigt, das katzenhafte Herumschleichen eines Polizeifahrzeuges in einer Seitenstraße, in die ich hineingehe, weil sie mir auf interessante Weise verkommen erscheint. Die Blicke von Obdachlosen, die durch mich hindurchschauen, die Visitenkarten der Prostituierten, die zwischen den Glassplittern auf dem Boden vor einer kaputten Telefonzelle liegen. Am Abend zuvor sitze ich mit Judith, nachdem wir das Fischrestaurant verlassen haben, in einer Bar in Little Italy, und ich versuche, wie ich es mir schon auf dem Flug nach Washington vorgenommen habe, ihr zu erklären, wie sehr ich sie liebe. Und dass sie ihr Praktikum auf der Stelle abbrechen und zurück nach München kommen soll. Im Fischrestaurant fällt der Strom aus, für wenige Sekunden, dann schaltet sich der Notstromgenerator ein. »Ich würde jedenfalls nicht so einfach ins Ausland gehen, nur weil ich mit meinem Leben nicht zufrieden bin«, sage ich in Gedanken zu ihr. Oder, wenn man es anders ausdrücken würde: Ich halte es ohne dich nicht aus. Ein Satz, für den ich aber noch einen Ort suche und schließlich denke, ich müsste ihn außerhalb der Stadt finden. Der Hafen ist eine Enttäuschung. Es gibt keine richtige Promenade, jedenfalls finde ich sie nicht und laufe die ganze Zeit auf der falschen Seite, an langen hölzernen Piers und Aufbauten vorbei, in denen Restaurants und Bars untergebracht sind, die aber jetzt alle leer stehen. Der eigentlich interessante Teil des Hafens ist auf der gegenüberliegenden Seite. »Ich halte es ohne dich nicht aus.« Es ist kein

Satz, den man einfach so sagt. Es ist ein Satz, auf den man hinarbeitet, auf den alles zuführt. Ich sage ihn nicht. *Ich bringe ihn nicht über die Lippen.* Auch nicht in Little Italy, in der Bar, in der wir später einen Drink nehmen. Die Bar gehört einer ehemaligen Opernsängerin, und der schwere, glitzernde Halsschmuck auf ihrer höckerartigen Brust erweckt den Eindruck, als sei er aus ihren Knochen herausgeschnittenes Licht. Sie arbeitet nur zum Spaß. Dafür hat sie sich die Bar auch gekauft. Es scheint ganz einfach zu sein. Ich sage es ihr. Ich warte den richtigen Moment ab, finde den richtigen Ort. Tatsächlich hat sich unsere Stimmung aufgehellt durch den skurrilen Stromausfall im Fischrestaurant, der nur das oberste Stockwerk des Restaurants betrifft, während der untere hell erleuchtet bleibt. Ein umgeknickter Strommast in der Nachbarschaft. Bei unserem Spaziergang vom Restaurant in das in der Nähe gelegene Little Italy kommt Judith wieder zu Kräften. Ich habe alles versucht, um den Abend zu verderben. Das endlose Telefonieren am Bahnhof, meine Forderung, zu Fuß zu gehen, die quälend lange Debatte darüber, ob das Hotel, in dem wir übernachten, nicht zu unpersönlich ist. Ob wir nicht etwas Schöneres finden können. »Ich halte es ohne dich nicht aus.« Ich hätte den Satz rückwärts aufsagen und mit seinem Ende, mit seiner Pointe beginnen können. Ich warte zu lange. An einem kleinen Hafenbecken, das ich schließlich nach endlosem Herumirren erreiche, bleibe ich eine Weile stehen. Ein Motorboot tuckert durch das Wasser und sammelt den Müll auf. Hunderte von Plastikflaschen schwimmen im Wasser, um die herum ein großer schlauchartiger Ring ausgeworfen worden ist. Ich beobachte das Boot, wie es seinen Fang hinter sich herzieht und das kleine Hafenbecken wieder verlässt. In diesem Moment vergesse ich, warum ich überhaupt nach Baltimore gekommen bin. Stehe ich wirklich eine Stunde am Hafen und schaue einem Müllentsorgungsboot zu, wie es leere Plastikflaschen hinter sich herzieht, als wollte es diesen Flaschen helfen, ihre gar nicht vorhandene Botschaft auf dem offenen Meer noch schnell loszuwerden. Sonntagmorgens, bevor der Gottesdienst anfängt? Welche Gedanken gehen mir in diesem Moment durch den Kopf. Der Gedanke: Ich kann den Satz »Ich halte es ohne dich nicht aus« nicht sagen? Oder kann ich die Anwesenheit von Judith, von der ich mich unter keinen Umständen trennen will, nicht mehr ertragen?

Auf dem Weg zum Hafen oder vielleicht schon auf dem Rückweg, als mit der zunehmenden Helligkeit und dem Verschwinden des morgendlichen Dunstes mein schlechtes Gewissen zurückkehrt und ich beschließe, sofort zum Hotel zurückzugehen, entdecke ich eine kleine Kirche. Ohne es zu wollen, bin ich nach Little Italy gegangen. Die ersten Besucher, wahrscheinlich italienischstämmige Bewohner von Baltimore, haben sich versammelt, aber die Kirche noch nicht betreten. Plötzlich entdecke ich auf einer an der Kirchenwand angebrachten Marmortafel Judiths Familiennamen. Es ist ein seltener Name, und ich bin für einen Moment vollkommen elektrisiert und denke, dass ich bei meinem Herumirren durch Baltimore endlich eine Spur gefunden habe, die beweist, dass es in der Familie von Judith außer ihrer Tante noch andere Auswanderer gibt. Und dass sich ihre komplizierten Familien- und Abstammungsverhältnisse vielleicht aufklären lassen. Mehrere Minuten vergehen damit, dass ich alle Namen, die dort stehen, in mein Notizbuch schreibe. Die Schwere der Nacht fällt von mir ab, ich schreibe diese Namen auf. Ich schreibe mich in die Vergangenheit von Judith hinein, in ihre Familiengeschichte, die Geschichte ihrer Vorfahren, zumindest die, die ich dafür halte. Judith selbst liegt in diesem Moment im Bett und schläft. Ich könnte mit diesen Namen zu ihr zurückkehren, sie wecken und ihr davon erzählen. Ich könnte wie ein Bote aus der Vergangenheit ihrer Familie an ihr Bett treten und ihr erklären, wie sehr ich sie liebe, ihre Vorfahren, ihre Großväter, Großmütter, Großonkel und Großtanten oder zumindest mich für sie interessiere. Ich würde an ihr Bett treten und ihr die Liste aus meinem Notizbuch vorlesen und sie danach zu dieser kleinen Backsteinkirche in Little Italy bringen. Die Kirche sieht wie meine alte Grundschule aus, und die müden Gesichter der Italo-Amerikaner, die sich zu dem Backsteingebäude schleppen, sind ein matter Nachhall meiner tristen Schulzeit. Wohingegen ich mir jetzt wie ein fleißiger Schüler vorkomme, der in letzter Sekunde seine Schulaufgaben macht, sich alles aufschreibt, alle Namen und Verbindungen, aus denen Judith besteht, aus denen sie hervorgegangen ist. Ich könnte zurücklaufen, zurück ins Hotel, aber ich tue es nicht. »Siehst du«, könnte ich sagen, »ich habe heute Morgen deinen Namen gefunden, ist das nicht wundervoll? Ich möchte, dass du diese kleine Kirche siehst.« Ich schreibe die Namen zwar auf, schreibe sie aber so auf, als wären sie Teil einer Geschichte, in der später auch Judith vorkommt. Die Gemeindemitglieder, die Gründerväter und ihre Angehörigen, die im Krieg gefallenen Soldaten, alle, die denselben Namen haben wie Judith. Ich schreibe sie für eine ferne Zukunft auf, für einen Moment, in dem ich mir selbst diese Geschichte erzähle. Statt dass ich ins Hotel zurückgehe und ihr davon erzähle. Aber ich stehe wichtigtuerisch, Name für Name in mein Notizbuch übertragend, vor der schwarzen Marmortafel neben der niedrigen Eingangstür der Kirche, der sich die gebrechlichen Gemeindemitglieder vorsichtig nähern. »Was wird Judith wohl dazu sagen, wie wird sie wohl darauf reagieren?«, denke ich noch, als hätte ich ernstlich vor, ihr davon zu erzählen.

Es ist ein Moment des Entspannens. Ein Augenblick, in dem ich mich treiben lasse. Montrose Avenue. Bushwick Avenue. Morgan Avenue. Orte, an denen ich noch nie gewesen bin, obwohl sie ganz in der Nähe von Williamsburg sind. Ich hätte mit dem L-Train leicht einmal hinfahren können. Ich hätte nach Washington fahren können, morgens direkt nach der Dampferfahrt. Es fängt alles morgens an, als ich ins Taxi steige. Als ich nicht zum Bahnhof fahre. Als ich das Hotel in Baltimore verlasse. Als ich spazieren gehe. Es fängt immer morgens an. Warum verlasse ich in München morgens unsere Wohnung? Ich fahre zu einem Café in die Lindwurmstraße oder zu einem Café am Sendlinger Tor. Die wenigen Minuten, die mir bleiben, die losen Enden meiner verschiedenen Lebensbereiche, die grünstichige Leere meiner Praxis und die aufwallenden Gebirge, die ungestüm aufgeworfenen Laken unseres Schlafes zu verbinden. Manchmal bestelle ich mir einen zweiten Kaffee, oder ich sitze da und fühle mich außerstande, das Café wieder zu verlassen. Judith ist zu Hause. Sie studiert ihre aus dem Internet ausgedruckten Texte über das Nomadentum. *Arid Climate, Adaptation and Cultural Innovation in Africa.* Sie korrigiert Fußnoten in ihrem Darfur-Aufsatz. Es kommt mir vor, als läge sie auf dem Boden neben dem Bett, als hätte ich sie aus dem Bett gestoßen. Wie immer geht es darum, dass ich die Praxis aufgebe, und zwar nicht in einem, wie es professionell sinnvoll wäre, systematischen »Ausschleichungsprozess«

über mehrere Jahre, in denen ich keine neuen Klienten mehr annehme, die alten aber noch zu Ende therapiere und die Praxis dann verkaufe, sondern von heute auf morgen oder, wie ich zu sagen pflege, »übers Wochenende«. Ich gebe alles auf, ich schmeiße alles hin. Judith liegt auf dem Fußboden. Ich sitze im Café. Ich möchte zu ihr zurückkehren und möchte mich bei ihr entschuldigen, weil vielleicht der Eindruck entstanden ist, ich würde sie nicht genug lieben. »Aber das stimmt nicht«, würde ich sagen, als gäbe es einen Dritten, der ihr das, während sie schläft, ins Ohr geflüstert hat. »Es ist nicht wahr.« In Baltimore, im Gitternetz der rechtwinkeligen Straßen, die mein Leben in Entscheidungsanordnungen unterteilen. Wieder runter zum Hafen? Oder hoch zum Hotel in den vierzehnten Stock zu meiner schlafenden Freundin? Ich würde die Klienten aus meiner Praxis vertreiben, sie einzeln hinauskatapultieren. Ich würde Lambert hinauswerfen, und das wäre noch das Beste für ihn. Ich würde ihn anrufen und ihm mitteilen, dass ich nichts mehr für ihn tun kann und dass die Therapie zu Ende ist. Die Sonne kommt heraus, ich stehe auf einer Straßenkreuzung, gar nicht so weit entfernt vom Hotel. Noch immer habe ich kein Café gefunden, in dem ich mit Judith frühstücken könnte. Schon auf der Zugfahrt nach Baltimore hat sie mir zu verstehen gegeben, dass sie über die Pläne zur Auflösung meiner Praxis nichts mehr hören will. Will ich sie jetzt dafür bestrafen? Ich stehe auf der Kreuzung, eine schon geöffnete Dunkin'-Donuts-Filiale zu meiner Linken und ein Bürogebäude zu meiner Rechten. Das Hotel ragt vor mir auf. Ich weiß von seiner Anwesenheit, seinem kostbar gehüteten Schatz. Aber ich kehre nicht zu ihm zurück.

»Und was soll ich jetzt tun?«, fragt Lambert. »Soll ich jetzt zwei Wochen abwarten und nichts tun?« Es ist eine ungünstige Tageszeit. Ich lege meine Stunden lieber in den Nachmittag oder in den Abend. Nur in Ausnahmefällen mache ich einen Termin am frühen Morgen. »Da können wir jetzt auch nichts mehr machen«, sage ich zu ihm. »Es hat keinen Sinn, wenn wir jetzt noch mit einem neuen Thema anfangen.« Kurz vor meiner Abfahrt, in der letzten Stunde fängt er damit an. Er erzählt mir von seinem Vater, dessen beruflichen Niedergang er mir immer wieder als Erklärungsmodell anbietet. Der eigentliche Grund für seine Stimmungsschwankungen, seine Insuffizienzgefühle, seine, wie er selbst sagt, »suizidalen Träume«. Und er will mir erzählen, was wirklich mit seinem Vater passiert ist. Ein Geheimnis, das eigentlich niemand erfahren darf. Ausgerechnet in der letzten Stunde, bevor ich nach New York fliege, behauptet er auf einmal, alles, was er mir bisher erzählt habe, sei falsch und würde nicht stimmen, es sei reine Erfindung und sei im Grunde der Versuch, seinen Vater, der als Berufspolitiker bis vor kurzem im Rampenlicht der Öffentlichkeit gestanden hat, vor mir zu schützen und ihn, wie er sagt, »in Sicherheit« zu bringen. Damit wäre es aber jetzt vorbei. Und von jetzt an würde er die Wahrheit sagen. Noch jetzt ärgere ich mich darüber, dass ich mit so einem schwierigen Klienten am frühen Morgen einen Termin mache. Ich bin nicht überrascht, dass die Geschichten, die er mir von seinem Vater erzählt, nicht stimmen oder zumindest nicht vollständig sind. »Wir können gerne über Ihren Vater sprechen«, sage ich, schon im Stehen, um ihm ein klares Zeichen zu geben. »Aber heute wird es nicht mehr gehen.« Ich schaue nach draußen auf den kleinen Innenhof. In den Räumen des medizinischen Fachbuchverlags geht das Licht an.

Die Glastür zu der Metalltreppe, die zum Innenhof führt, steht offen. Manchmal sitzt dort auf dem obersten Treppenabsatz jemand und raucht oder schnappt ein bisschen frische Luft. Als hätten sich alle stillschweigend darauf geeinigt, wird der Innenhof aber so gut wie von niemandem betreten. Es gibt keine Pflanzen dort, keine Bäume, nichts, außer einem alten Klappstuhl, der direkt neben der Treppe steht. Ich suche nach einer Lösung, einem versöhnlichen Ausklang der Stunde, etwas, das ich Lambert mit auf den Weg geben kann. Die Bäume im Innenhof der Nationalbibliothek von Paris sind mit Stahlseilen am Boden festgemacht, und man kann um den Garten herumlaufen, aber betreten kann man ihn auch nicht. »Ja und?«, fragt Lambert, der immer noch auf seinem Stuhl sitzt und darauf wartet, wie ich auf seine Provokation reagiere. »Was passiert jetzt? Wollen Sie mich nicht rausschmeißen?« Er sagt, er würde nicht eher die Praxis verlassen, als bis ich ihn angehört habe. Ich bin in Gedanken in Paris. Die Bäume, die die Lesesäle leicht überragen, die sich schwankend bewegen, wenn man ihnen lange genug zuschaut und es ein windiger Tag ist. Ich schaue auf den Klappstuhl. Die Mitarbeiterin des medizinischen Fachbuchverlags hat ihn damals dort unten vergessen, und von den Verlagsräumen aus kann man ihn nicht sehen. Ein paar Mal habe ich schon daran gedacht, ob ich nicht jemand darauf aufmerksam machen soll, aber dann ist mir der Stuhl zu einem lieben Gegenstand geworden, den ich nicht missen möchte. Die Lackschicht auf der Sitzfläche des Klappstuhls ist schon abgeblättert, und die dünne blonde Frau mit den knochigen Beinen, die sich dort in den Schatten gesetzt hat, um zu lesen, sehe ich in meiner Erinnerung immer noch, wie sie das Buch sich ganz nah vors Gesicht hält. Sie hat den Klappstuhl einfach mit nach draußen genommen. Und jetzt, ein Jahr später, steht er immer noch da. Noch in New York, als ich morgens von der Party in Queens nach Hause zurückkehre und auf dem Bett sitzend meinen Computer anschalte, um kurze Zeit später Anne kennenzulernen, kommt mir alles wieder hoch, was Lambert zu mir gesagt hat, alles, was er mir in diesem wahnsinnigen Monolog entgegenschleudert. Nach der Dampferfahrt bin ich so erschöpft, dass ich den Schnauzbärtigen, der in Queens der Gastgeber ist, frage, ob ich mich nicht irgendwo hinlegen kann. Das garagenartige Schlafzimmer liegt in einem cremefarbenen, bleichen Schatten, als ich mitten in der Nacht wieder aufwache. »Wir haben jetzt noch fünf Minuten«, sage ich zu Lambert, während ich meinen Blick langsam von dem im Innenhof stehenden Klappstuhl die Metalltreppe hoch bis zu Glastür des medizinischen Fachbuchverlags wandern lasse. Die Tür ist geschlossen. »Vielleicht machen wir hier einfach einen Punkt.« Und dann bricht es auf einmal aus ihm heraus. Als würde nicht er sprechen, sondern irgendeine Instanz, irgendjemand, der sich seiner bemächtigt und ihn mit aller Kraft gegen mich in Stellung gebracht hat. Es ist genau das, was ich ihm später auch erkläre, als ich ihn zur Tür geleite und er mich fragt, ob ich jetzt »schockiert« sei.

Der Geruch von Vanille. Das ist der Geruch, den Lambert mit der Frau an der Trambahnhaltestelle assoziiert, von der er mir einmal erzählt hat. Der Geruch eines Menschen, mit dem er noch nie ein Wort gesprochen hat. »Ich weiß, warum seine Karriere kaputtgegangen ist«, sagt er. »Ich weiß es. Aber Sie wollen es ja nicht hören.« Eine Frau mit einer dünnen Aktentasche aus Wildleder auf dem Schoß, die neben mir im L-Train sitzt, riecht auch nach Vanille.

Ein Kollege in meiner Supervisionsgruppe hat mir einmal erklärt, Frauen, die ein Parfum mit Vanilleextrakt benutzen, hätten bei Menschen, die als Kind nicht richtig gestillt wurden, besonderen Erfolg, da der Geruch von Vanille mit der Muttermilch assoziiert würde. »Welches Parfum benutzt ihre Mutter?«, könnte ich Lambert fragen, aber ich will ihn nicht unnötig provozieren. Die Gesichter der anderen Fahrgäste sind auf verdächtige Weise ausgeruht. Sie sehen aus, als gäbe es die Hitze gar nicht. Als gäbe es auch keine oberirdische Welt, sondern das hier unten sei unser natürlicher Lebensraum, in dem wir mit gleichmäßiger Geschwindigkeit unserem jeweiligen Ziel entgegenstreben. Die Frau mit der Wildledertasche könnte Anne sein. Im Profil hat sie große Ähnlichkeit mit ihr, obwohl ich mir Anne nicht in der U-Bahn vorstellen kann, schon gar nicht mit einer Wildledertasche auf dem Schoß, die Hände demütig über dem goldenen Verschluss ihrer Tasche zusammengefaltet. »Sind Sie gestillt worden als Kind?«, könnte ich Lambert fragen. Die Frau neben mir hat auffallend große Brüste. Es sind die Brüste, die Anne, die polnische Prostituierte, die ich im Internet kennenlerne, nicht hat. Die großen Brüste, die fehlen und die uns beinahe zum Verhängnis werden, in Greenpoint, einem Nachbarstadtteil von Williamsburg. Obwohl die letzte Stunde mit Lambert schwierig und in gewisser Weise deprimierend gewesen ist, empfinde ich sie doch als Fortschritt und habe das Gefühl, dass, nach all dem, was ich versucht und an Energie investiert habe, etwas in Bewegung geraten ist. Er wird es immer wieder versuchen. So wie die E-Mail, die er mir geschickt, oder den Zettel, den er mir auf den Schreibtisch gelegt hat. Immer dann, wenn ich das zulasse, wenn ich eine Grenzüberschreitung erlaube, begebe ich mich auf ein gefährliches

Terrain und bringe auch ihn damit in Gefahr. »Thomas Kaszinski«, sagt er. »Ich habe Ihren Namen noch nie ausgesprochen, ich sage immer nur ›mein Therapeut‹ oder ›der Therapeut‹. Finden Sie das nicht komisch?« Ich lächele ihn an, ohne auch nur die geringste Ahnung zu haben, was als Nächstes kommt. Er richtet sich auf: »Soll ich Ihnen mal was sagen?« Er schaut mich herausfordernd an. »Aber es interessiert Sie ja sowieso nicht, was ich von Ihnen denke.«

Es ist am frühen Morgen, als ich das Hotel verlasse. Es ist am frühen Morgen, dass Lambert in meiner Praxis die Nerven verliert. Am frühen Morgen, als ich aus Queens zurückkomme und auf einmal eine sexuelle Phantasie habe, nachdem mich der Taxifahrer, den der Schnauzbärtige mit seinem elfenbeinfarbenen schnurlosen Telefon gerufen hat, vor der Haustür abgesetzt hat. Ich fahre nicht nach Washington. Ich bleibe zu Hause. Es ist sieben Uhr. Kurz nach acht, als Lambert in die Praxis kommt. Halb sieben in Baltimore. Sechs Uhr zwanzig, als ich an die Bar mit der Fransen-Stehlampe in der Grand Street denken muss. Es passiert immer morgens. Als würde der Übergang, der Wechsel von der Nacht in den Tag, nicht richtig funktionieren, als würde dabei etwas schiefgehen. Das Licht, in das man hineintritt wie in eine fremde Welt, die über Nacht eine andere Gestalt angenommen hat und jetzt in aller Härte und Klarheit erstrahlt. Das Licht des Morgens. »Ich bin nicht so sehr an Brüsten interessiert«, schreibe ich in meiner ersten E-Mail an Anne, »aber wenn sie wirklich so schön sind und deine Freundin sie so gerne berührt.« Ihre Freundin spricht kein Englisch, sie kann noch nicht mal bitte oder danke sagen. Vielleicht ein besonders perfider Versuch der Verführung. »Ist sie auch da?«, frage ich. Ich denke in diesem Moment nicht an Geld, nicht an die finanziellen Konsequenzen. Das Licht. Es kann ein hoher blauer Ton sein. Ein bleiches, graues Lauern. Bei meinem Spaziergang in Baltimore steigt es in meinem Rücken langsam hinter mir nach oben. Es steigt mit einer Geschwindigkeit, die man nicht sehen kann. »Wirklich?«, frage ich Anne. »Sie sind wirklich so groß? To be honest«, schreibe ich, »I am not into breasts.« Und »breasts« hört sich in diesem Moment etwas komisch an. Anne schreibt: »My girlfriend is into them.« »Ist sie da?«, schreibe ich im Laufe unseres mehrstündigen Gedankenaustauschs. Das Licht des Morgens. Das Licht der am offenen Herzen vorgenommenen Operation. Das Licht, das durch die Träume gewaschen, von der Schuld und den Versäumnissen der Nacht gereinigt worden ist. Es hat sich über Nacht nach oben gekämpft, und jetzt triumphiert es. Es tastet sich an den uringesprenkelten Häusersockeln hoch. Es ist gläsern und schon zersprungen. Es ist die scharfe Kante eines Gedankens, den man noch nicht gefasst hat. Es legt sich um mich wie ein Griff und zieht mich nach unten. Zwei Stunden später, als ich in Greenpoint ankomme, einem Stadtteil, der direkt neben Williamsburg liegt, als ich den unbeholfenen Verführungskünsten von Anne erliege und ihr Angebot annehme, ist das Licht schon nicht mehr so intensiv. Es ist nicht mehr das Licht von Queens, nicht mehr das Licht von New York, es ist das Licht aus meiner Kindheit. Es ist das Licht, mit dem ich geblendet worden bin.

3

Ich verbringe den ganzen Vormittag damit, Anne dazu zu überreden, zu mir nach Williamsburg zu kommen, aber sie sagt, sie mache keine Hausbesuche. Sie beeilt sich aber zu erklären, sie würde mir ohne weiteres vertrauen, und sie könne schon an der Art, wie ich schreibe, erkennen, dass ich ein Gentleman sei. Sie ist begeistert davon, dass ich aus München komme, das sie aber ohne weiteres mit Mailand verwechselt. Erst erklärt sie, sie sei gebürtige New Yorkerin, aber dann, als ich ihr sage, wie interessant ich es fände, dass sie polnische Vorfahren habe, behauptet sie, sie sei in Wirklichkeit Polin und erst seit fünf Jahren in New York. Schließlich, um die Verwirrung perfekt zu machen, erklärt sie, sie sei erst 20 und nicht 27. Als ich wenig später ganz beiläufig erwähne, sie sei ja als »Minderjährige« in ihren ersten Jahren in New York bestimmt unglücklich gewesen, macht sie einen weiteren Schwenk, indem sie zugibt, sie habe mich »ein bisschen angeschwindelt«, weil sie denkt, ich könnte wütend werden, wenn ich erführe, dass sie noch gar nicht volljährig sei. Mein Computer, von seinem Netzteil abgeschnitten, ruht auf meinem Schoß. Erst beruhigt mich die Wärme der Festplatte, dann macht sie mich nervös. Der Akku entlädt sich, während ich eine andere Frau, die in einem Hotel in der Grand Street auf mich wartet, damit vertröste, ich hätte nicht genug Bargeld. »Es gibt überall Geldautomaten«, schreibt sie mir, während mir einfällt, dass es in der Grand Street gar kein Hotel gibt. »Stört es dich, wenn meine Freundin dabei ist?«, fragt Anne. »Wie alt ist deine Freundin?«, schreibe ich zurück. Die Anzeige des Akkus weist einen Rest von 16 Prozent aus, den ich noch ausschöpfen kann. Anne erklärt sich schließlich bereit vorbeizukommen, allerdings allein, als mir einfällt, dass ich gar keine Türklingel habe und auch kein Mobiltelefon, auf dem sie mich anrufen könnte, wenn sie vor der Haustür steht. Weitere Minuten vergehen, in einem komplizierten Hin und Her, bei dem Anne und ich uns so verhalten wie ein Liebespaar, das vor nichts zurückschreckt, um ein Treffen doch noch möglich zu machen. Was bleibt mir in Erinnerung, welches Detail, welche besondere Wendung? Dass ich den Computer wie ein aufgeklapptes Buch auf dem zerwühlten Bett zurücklasse, als ich die Wohnung überstürzt verlasse. Die Warnsignale der zurücksetzenden Transporter, die die eingeschweißten Fleischstücke anliefern, die von Arbeitern mit Wollhandschuhen aus dem Wageninneren herausgeschleppt werden. Das kaputte Schloss der Haustür, in dem mein Wohnungsschlüssel steckenbleibt. Anne, die mit einer anderen Frau in Greenpoint vor dem Computer sitzt, wobei es unklar bleibt, mit welcher der beiden Frauen ich den ganzen Vormittag kommuniziert habe oder ob nicht am Ende abwechselnd mit beiden oder doch, wie ich später denke, mit einer ganz anderen, tatsächlich in Polen sitzenden Frau, die alles arrangiert? Es ist so heiß, dass ich fürchte, das Plastikgehäuse des Computers könnte schmelzen. Die Luft, mit der ich aus Queens gekommen bin, die weiche, hauchfeine, in mir aufquellende Luft presst sich zusammen. Ich laufe eine halbe Stunde herum, bis ich ein Internetcafé finde, von dem aus man auch Telefonanrufe machen kann. Ich habe die Hausnummer vergessen, die mir Anne in ihrer letzten E-Mail mitgeteilt hat. Anne will mir Bilder von ihrer Freundin schicken, aber ich sage ihr, dass ich das nicht möchte. Ich will keine Bilder sehen. Die Fotos auf den Visitenkarten in Baltimore, in der Gegend, wo die Nachtclubs sind, liegen vor der Telefonzelle zu Fächern ausgebreitet. Ich muss alle Kraft aufbringen, sie zu ignorieren. Auf einigen stehen nur Telefonnummern und keine Namen unter den Bildern der Frauen, die meist Reizwäsche tragen. Verschwommene, unscharfe Fotografien, die sich übereinanderschichten, in einem Halbkreis vor der herausgebrochenen Tür der Telefonzelle. Wie ein Blatt, das einem Spieler auf der Flucht aus der Hand geglitten ist und das sich mir jetzt anbietet. Spiel mit, biete mit. Sag, wie weit du gehst.

Schläft Judith noch? Wir haben vielleicht noch etwas im Fernsehen gesehen, als wir nachts ins Hotel zurückgekommen sind, aber ich kann mich nicht mehr erinnern. Ich kann sie nicht einfach aufwecken. Sie braucht ihren Schlaf. Es versetzt mir einen Stich, als ich nach einer zweijährigen Pause von Gabriela erfahre, dass sie mit ihrem Freund, der immer noch bei der Telekom arbeitet, Kinder hat. Sie schreibt mir, sie habe angefangen, psychologische Ratgeber zu lesen, und dass sie davon »träumt«, eine Psychotherapie anzufangen und wie denn die »Therapietechnik« hieße, die ich anwende. Sie sagt, sie hätte bei dem Gedanken, dass doch ich sie therapieren könne, geweint. Sie leidet unter Agoraphobie, und vermutlich arbeitet sie deswegen bei Trixis, dem Schmuckgeschäft ohne Fenster, ohne Mitarbeiterkabuff und ohne Klo. Um auf die Toilette zu gehen, muss sie den Häagen-Dazs-Verkäufer bitten, ein Auge auf die in den Glasvitrinen verschlossenen Schmuckauslagen zu haben, die oft weniger wert sind als das Eis, das den ganzen Tag unter seinen Augen schmilzt. Sie leistet sich ganz selten eine Kugel, sie ist sehr sparsam. Ihre Lieblingssorte ist Apfel-Karamel. Sie sagt: »Wie kann ich dich glücklich machen?« Anna und Anne sagen: »Wie können wir dich glücklich machen?«, beziehungsweise: sie sagen es nicht, sie sind nicht in der Lage dazu, ihr Englisch reicht dazu nicht aus. »You happy here?«, fragt Anne. Ich laufe drei Stunden durch Baltimore, umkreise die Backsteinkirche in Little Italy, schlendere zum Hafen herunter und lasse den Dunkin'-Donuts-Laden links liegen, in dem wir später frühstücken, ein kurzes liebloses Frühstück, das wir im Stehen einnehmen. Anne ist kleiner und zarter, als ich gedacht habe. Am Anfang sitzen wir einfach so zusammen, und ihre Freundin verlässt mehrmals die Küche, um dann plötzlich im Bademantel zurückzukehren und uns mitzuteilen, dass die Tür zum Nebenzimmer unbedingt geschlossen bleiben muss, weil die Klimaanlage auf Hochtouren läuft. Judith und ich teilen uns einen Donut mit dem Namen »Boston Creme«, und dann suchen wir Poe-Haus. In meiner Erinnerung stehe ich in der Lobby unseres Hotels, unsicher, ob ich nach drei Stunden des Herumwanderns nach oben in unser Zimmer gehen soll. Ob Judith schon wach ist? Es scheint mir wichtig, dass sie ausgeschlafen ist, da sie doch am nächsten Tag wieder im Robert-Kennedy-Institut arbeiten muss, während ich nach München zurückfliege. »Lass sie doch ausschlafen«, sage ich mir. Ich versuche mich an das Zimmer zu erinnern. 190 Dollar die Nacht. Die Wahrheit dieser Nacht liegt woanders, vielleicht in dem Fernseher, der direkt vor dem Bett steht. Haben wir nicht doch noch einen Film zusammen gesehen, als wir abends aus Little Italy zurückgekommen sind? Daran muss ich mich doch erinnern können.

Die schweren bis zum Boden reichenden Vorhänge. Die Fenster, die sich nicht öffnen lassen, weil wir zu weit oben sind. Meine Angst, als ich morgens aufwache. »Also dann wohnst du ja ganz in der Nähe«, sage ich zu Anne. Der

Raum, in dem die Klimaanlage läuft, entpuppt sich als schmaler dunkler Gang, eine Art Flur, der in ein Zimmer umgewandelt worden ist. Die Wände sind mit Kartons, Teppichen und Regalen vollgestellt. Es ist ein dunkler Schlauch, unterteilt in einen lauwarmen und in einen kühlen Bereich, in ein wohltemperiertes Vorzimmer, in dem sich Annes Bett und ihr kleiner Privatbereich befinden, und ein Hinterzimmer, das durch einen Vorhang abgetrennt ist, in dem ihre Freundin wohnt und der Computer steht. Ihre Freundin heißt auch Anne, wie Anne mir erklärt, aber »Anne mit zwei a«. Anna könnte Annes Mutter sein. Ist das das Schlimmste? Ist das das Traumatische? Der Computer in Annas Zimmer, der genauso aussieht wie mein Computer, der in der Mittagshitze jetzt langsam vor sich hin schmilzt. Die Transporter mit den eingeschweißten Fleischhälften. Der Schlüssel, der im kaputten Türschloss hängen bleibt. Ich bringe die Reihenfolge durcheinander. Ich sehe mich, in der Erinnerung, wie ich das Schlafzimmer von Anna und Anne betrete. Ich betrete es, und ich sehe Gabriela. Ich sehe Gabriela und die Fotografien ihrer Töchter. Sie hat Zwillinge zur Welt gebracht. Anonyme Gesichter von Säuglingen, die auf dem Rücken liegen und mit Plastikbuchstaben spielen, die an einem Gestell befestigt sind, sodass sie sie gerade mit ihren kleinen Fingern erreichen, sie aber unmöglich in den Mund stecken können. Dahinter Gabrielas Gesicht. Plötzlich tritt es wie ein riesiges am Straßenrand stehendes Werbeplakat hervor. Gabriela strahlt mich an. Für den Bruchteil einer Sekunde, wie eine unangekündigte Werbeunterbrechung, taucht ihr Gesicht auf. Lieber Gott, Herrgott im Himmel. Erlöse mich von dem Bösen. Es könnte der 495 oder der 278 sein, ein aus der Stadt herausführender Highway. »Was soll denn passieren, wenn Sie sie ansprechen«, frage ich Lambert am Anfang der Stunde, als noch alles ganz harmonisch verläuft. Er schüttelt fast gönnerhaft den Kopf. »Aber deswegen frage ich Sie doch«, sagt er. »Ich dachte, Sie könnten mir einen Rat geben.« Das Mädchen, das jeden Morgen an der Trambahnhaltestelle in der Paradiesstraße steht und nach Vanille riecht. »Das müssen Sie schon selbst wissen«, sage ich. »Diese Entscheidung kann ich Ihnen nicht abnehmen.« Die Kälte ist schneidend und trocknet die Sinne aus. Die Klimaanlage in Annas Schlafzimmer macht einen solchen Lärm, dass man die kleinen Seufzer, das Räuspern und das zurückgenommene und tastende Atmen nicht mehr hören kann. Geräusche, die verschwunden sind, als ich den eiskalten Raum betrete, in dem der Chatroom, dessen pastellfarbene Grafik auf dem Computerbildschirm leuchtet, wie ein improvisierter Gerichtssaal erscheint, irgendwo in einem luftleeren, ausschließlich elektronisch definierten Raum, jenseits der Weltgemeinschaft, jenseits der Vereinten Nationen, in die Judith so gerne aufgenommen werden würde. »Bitte«, sage ich zu Anne. »So geht das nicht. Dann lassen wir es lieber gleich bleiben. So kann ich das nicht tun.«

Wir sprechen nicht über Sex. Wir umgehen das Thema, oder wir überspringen es. Nur auf Autofahrten, wenn wir unterwegs sind, sprechen wir darüber. Vor allem am Anfang unserer Beziehung. »Ich fühle mich komisch, weil ich noch nicht so viel erlebt habe«, sagt Judith einmal auf der Fahrt nach San Diego, als wir ihre Tante in ihrem neuen Haus besuchen. »Was meinst du denn damit?«, frage ich, aber dann verpassen wir die Abfahrt und kommen auf das Thema nicht mehr zurück. Wie erinnert man sich? Was bleibt von den Nächten zurück, die man zusammen verbringt? Ich muss zurückrechnen. Nacht für Nacht. In einer systematischen Erinnerungsarbeit, und wenn man alles noch einmal durchgeht, findet sich vielleicht der entscheidende Moment, der Augenblick, nach dem ich schon die ganze Zeit suche. Die Nacht ist vorbei. Ich kehre ins Hotel zurück. Nach drei Stunden Selbstvergewisserung und Selbstbefragung. »Es liegt jetzt ganz an dir, wie diese Fahrt verläuft«, sage ich zu mir, während ich die Lobby des Hotels betrete und mir darüber klar werde, dass wir, auch wenn es schon halb zehn ist, noch anderthalb Stunden Zeit haben, um miteinander zu schlafen. Judith steht neben dem Bett. Fertig geschminkt, herausgeputzt und dreimal so schön wie Anna und Anne zusammen. So endet Baltimore. Oder so fängt Baltimore an. In Wirklichkeit ist Anne gar nicht so schön. Dazu muss ich nicht zwei Stunden E-Mails mit ihr austauschen, müssen nicht Hunderte von Nachrichten zwischen Williamsburg und Greenpoint, zwischen dem heißen, stickigen Schlafzimmer von Michael und Janette und dem kühlen, düsteren Schlafzimmer von Anna und Anne ausgetauscht werden. Wir haben keinen Sex gehabt. Jedenfalls nicht in Baltimore. Ich kann noch so oft auf die Uhr schauen, die Wahrscheinlichkeit, den Flug zu verpassen, eine Möglichkeit, die in meinem Leben eigentlich undenkbar ist, nimmt zu. Der bernsteinfarbene Fernsehbildschirm. Der Pay-per-View-Kanal. Der Augenblick, als wir ins Zimmer kommen und noch nicht einmal mehr die Kraft haben, den Fernseher einzuschalten. Judith schminkt sich. »Es geht nicht, tut mir leid«, sage ich zu Anne. »So macht das keinen Sinn.« Sie hat sehr kleine Brüste. Es ist gegen jede Vereinbarung, Ausdruck einer gescheiterten Kommunikation. »Möchtest du die Brüste von Anna sehen?«, fragt Anne. Anna sitzt im Schlafzimmer, den Samtumhang über die Rückenlehne des höhenverstellbaren Bürostuhls gelegt und chattet mit einem älteren Mann, einem Rentner in Polen, wie Anne mir später erzählt. Anna ist doppelt so alt wie Anne, zumindest kommt es mir so vor. »Möchtest du?« Ich spüre ihre Verletzung, ihre Demut in ihrem halb angemalten, halb inszenierten Gesicht. Ihre Brüste sind zwei rosagraue Knöpfe auf einem weißen mit Muttermalen gesprenkelten Oberkörper. Sie bietet mir ein Glas mit Melonenlimonade an. Ich schüttele den Kopf, und sie stellt das Glas auf der Kommode ab. Der Raum wirkt weniger wie ein Schlafzimmer, eher wie ein Büroraum, obwohl das Schlafsofa schon ausgeklappt ist. Mehrere türkisfarbene Handtücher sind so darauf ausgebreitet, dass die Liegefläche ganz verdeckt ist. Uns den Rücken zugewandt, tippt Anna etwas in den Computer. Sie schreibt mit Zehnfingersystem, was mich aus unerfindlichen Gründen wieder erregt. »Sie zeigt sie dir«, sagt Anne. Ich weiß nicht, wie das vonstatten gehen soll und ob ich es riskieren will, mich darauf einzulassen. »Es geht nicht«, sage ich leise zu Anne. »Es hat nichts mit dir zu tun.« Anne schaut mich an, die Muttermal-Landschaft unter ihrem Kinn, wie das Ergebnis einer künstlerischen Anstrengung, die auf rührende Weise schiefgegangen ist. »Ich lecke sie«, sagt sie. »Wie bitte?« Ich schaue sie verständnislos an, obwohl ich genau verstanden habe, was sie gesagt hat. Ich versuche, Zeit zu gewinnen, bis sich Anna umdreht und bis sich der große Bürostuhl mit den ledernen Armlehnen in Bewegung setzt und mir offenbart, für was ich noch gar nicht bezahlt habe. Das ist es, was ich mir in diesem Moment sage: Du hast noch nichts bezahlt, keinen Cent. Ich bekomme Kopfschmerzen. Ich erkenne endlich, dass mein Leben, meine gesamte Existenz sich auf einmal in nichts auflöst und sich von mir verabschiedet.

4

Judith hat manchmal die Phantasie, dass ihre ganze Familie stürbe und sie dann ganz allein auf der Welt wäre. Irgendein Unglück würde passieren und alle wären tot. Ich halte es für eine Phantasie, die man nicht so ernst nehmen muss. Judith liebt Science Fiction, besonders postapokalyptische Literatur, obwohl wir schon ein paar Mal darüber diskutiert haben, was postapokalyptisch genau heißt. Ob J. G. Ballards *The Drowned World* postapokalyptisch ist, wenn gar nicht klar ist, ob vor der Überschwemmung der Erde überhaupt eine Katastrophe stattgefunden hat. Judith behauptet, es ginge allein um die Atmosphäre, und man müsse nicht wissen, was genau passiert sei. Ich selbst komme in diesen Phantasien nicht vor. Vielleicht weil sie meine Anwesenheit als gegeben voraussetzt oder weil sie, wie ich manchmal glaube, sich danach sehnt, dass wir beide als Einzige auf der Welt zurückbleiben und uns bis ans Ende unserer Tage lieben werden. Manchmal beobachte ich sie bei ihren Einkaufstouren, wenn sie mit lasziv ausgestreckter Hand über die Auslagen in einem Geschäft, über die rosafarbenen Türmchen gefalteter Wollpullover fährt, ihre Hand schlaff und nachgiebig, in ihrer ganzen Haltung so verträumt, als sei sie eine Prinzessin. Denkt sie, ihr gehöre das alles, sie könne das alles so ohne weiteres besitzen? Ist das der Traum, den sie träumt? Allein auf der Welt, in einem Zustand süßer Traurigkeit, nachdem um sie herum ihr zu Ehren alles vernichtet worden ist. Ein Buch, das wir zusammen gelesen haben, endet damit, dass eine Gruppe von Menschen, die eine große Katastrophe überlebt hat, eine Nachricht ins Weltall schickt. Das Ende beruht, wie Judith sagt, auf einer wahren Begebenheit. An der ersten

Weltraumsonde, die 1972 die Erde und das Sonnensystem verlassen sollte, wurde auf einer vergoldeten Aluminiumplakette eine Bildbotschaft an andere Bewohner des Milchstraßensystems eingraviert. Sie gab Auskunft über das Aussehen der Absender, ihre Intelligenz und die Lage der Sonne im Verhältnis zu ihrer Umgebung. Das Bild, das wir später im Internet finden, sieht wie eine misslungene Arzneimittelwerbung aus. Die männliche Figur, die genauso wie die daneben abgebildete weibliche Figur nackt ist, hebt die Hand zu einem etwas eigentümlichen Gruß. Judith fasziniert dieses Bild. Sie findet es überhaupt nicht abwegig, dass zwei Nackte die Menschheit repräsentieren. »Stell dir vor, das wären wir«, sagt sie. »Würdest du dir wünschen, dass ich den Arm hebe und die Außerirdischen grüße?«, frage ich sie. »Ja«, sagt sie, »warum nicht? Und niemand würde wissen, dass du Therapeut bist.« Die Raumsonde ist wahrscheinlich immer noch unterwegs und braucht noch Jahrhunderte bis sie irgendjemanden erreicht, der ihre Botschaft entziffern kann. Wir schauen uns diese Filme an, lesen die Bücher, und es scheint mir, als nähmen wir sie mit einer lüsternen Gleichgültigkeit wahr und als ginge es darum, sich ganz in ihnen zu verlieren. Einmal frage ich sie, was denn genau passieren soll, wenn wir dann am Schluss ganz allein sind, und ob sie sich wünschen würde, die von uns zur Welt gebrachten Kinder würden dann ihrerseits miteinander Sex haben, um den Fortbestand der Menschheit zu sichern. »Könntest du dann einfach so wegschauen?« Aber so weit denkt sie gar nicht. »Du bist viel zu genau«, sagt sie. »Und außerdem will ich gar nicht so alt werden.« Ich denke an die durch das All trudelnde Raumsonde mit der vergoldeten Aluminiumplatte und dem nackten Mann, der den Arm hebt. In Greenpoint, in dem kühlen schattigen Schlafzimmer von Anna und Anne, bin ich selbst, so kommt es mir jedenfalls vor, der letzte oder der einzige Mensch, der noch Gefühle und Phantasien hat. Anderthalb Stunden später, als alles vorbei ist, verlasse ich die Wohnung und trete in die glühende Mittagshitze von New York. Ich hebe kurz die Hand, ich verabschiede mich, ich winke Anna und Anne zu. Aber natürlich können sie mich nicht sehen.

Wenn ich Judith und ihre Freundinnen begleite, kann ich es manchmal beobachten. Sie ist das organisatorische Zentrum, die Koordinationsstelle, in ihrem Freundeskreis. Ich sehe, wie sie mit sanfter Gewalt alles unter Kontrolle hat, SMS verschickt und Termine vereinbart. Ihre Freundinnen machen sich gegenseitig Komplimente. Sie versuchen sich gegenseitig schön zu finden. An die Abende, die ich mit Judith und ihren Freundinnen verbringe, kann ich mich kaum erinnern. Warum bin ich der einzige Mann? Warum sind die Liebhaber von Kyra nie dabei? Einmal stehe ich vor der McDonalds-Filiale am Stachus und beobachte Judith, wie sie mit ihren Freundinnen um den Tisch herumsitzt, aufgedreht und glücklich, und ich sehe sie, wie sie mit den Händen in der Luft herumfuchtelt und sich dann wieder auf ihren Stuhl fallen lässt, sich vor Lachen schüttelt, als Kyra einen Kussmund macht. Sandra und Kerstin liegen sich in den Armen, und Kerstin rührt mit ihren rotlackierten Fingernägeln in der Sauce ihrer nicht aufgegessenen Chicken Nuggets herum. Ich stütze mich an der Fensterscheibe ab. Ich schaue mit einer Mischung aus Abscheu und Verzweiflung zu ihnen hinein. Und ich denke, ich muss sie aufregend finden, wie sie sich da mit Chicken Nuggets vollstopfen. Kyra ist etwas hübscher als Judith, und vielleicht gehe ich ihr deswegen aus dem Weg. Vielleicht rufe ich sie deswegen auch in New York nicht an, obwohl mich Judith darum gebeten hat. Sie ist ein paar Tage da, um ihre Mutter zu treffen, die bei der UN arbeitet. Ich spüre die Aura ihrer Promiskuität, als sie einmal, während wir Judith beim Tanzen zuschauen, zu mir sagt: »Findest du nicht, dass deine Freundin total sexy aussieht?« Ihre Mutter ist eine kleine energische Frau. Man ahnt etwas von der Kraft, mit der sie ihre großen Rettungs- und Hilfsmissionen organisiert, die sie um den gesamten Globus herum geführt haben. Kyra ist ihre Veredelung, schon am Rand der Dekadenz. Sie hat ständig irgendwelche Männergeschichten, beinahe im Wochentakt wechselt sie ihre Liebhaber. »Ruf sie doch an«, sagt Judith. »Sie ist die ganze Woche da. Ihr könnt zusammen Kaffee trinken gehen.« Ich lehne die Stirn an die Fensterscheibe des McDonalds und beobachte sie. Ich sehe, wie glücklich Judith ist, zusammen mit diesen Frauen, die sie durch Zufall kennengelernt hat, ohne etwas dafür zu tun. Kyra geht auf die Kundentoilette und übergibt sich, jedenfalls behauptet sie das, als wir später in Richtung Marienplatz laufen. »Lippenstift«, sagt Sandra langsam, die schon einmal mit Peace Brigades International in Nepal war, während sie sich mit zitternden Händen die Lippen nachzieht. »Lllipppenstift. Lll und iii und pe.« Sie schaut mich an. »Und?«, fragt sie. »Amüsierst du dich??«

»Goodbye«, sage ich zu Anne, als sie mich zur Tür bringt. »Goodbye. Auf Wiedersehen«. Sie hat schöne Lippen. Ich spiele die ganze Zeit mit dem Gedanken, sie zu bitten, sich zu schminken, schließlich habe ich dafür bezahlt. Anna, die eher gedrungen und kräftig ist, steht neben mir, und zusammen schauen wir Anne bei dem Versuch zu, sich so auf der Couch zu drapieren, wie wir es vorher besprochen haben, bis ich »Stop« sage und ihr erkläre, dass sie sich nicht mehr bewegen soll. »Stop and don't move«. Das ist ein Englisch, das auch Anna versteht. Es ist Anne, die für beide das Kommunizieren, das Anbahnen der Kontakte und die Verhandlungen übernimmt. Und während sie auf dem Schlafsofa kauert und sich bemüht, meinen Vorstellungen gerecht zu werden, denke ich noch: Sie sind beide im Grunde Anfängerinnen. Sie machen das wirklich zum ersten Mal. Eine Ansicht, die ich später revidiere, als sie es schaffen, mich zu überreden, den Preis für ihre Dienstleistungen zu verdoppeln. Ich bitte Anne, das Schlafsofa mit den türkisfarbenen Handtüchern wieder in ein Sofa zu verwandeln. Ich gestehe ihnen zu, dass sie sich mit den Handtüchern schützen, aber ich möchte nicht, dass der Ort, wo sich alles abspielt, wie eine Arztpraxis aussieht. Anna steht neben mir, während ich Anne erkläre, was sie tun soll. Stop and don't move. Innezuhalten und aufzuhören, dafür ist es zu spät. Ich habe mir vorgenommen, dass ich mich selbst nicht ausziehe und auch meine Schuhe anbehalte. Anna versucht, mir das Hemd auszuziehen, aber ich schüttele nur den Kopf. Das ist das Bild, in das ich mit der vollklimatisierten U-Bahn hineinfahre. Annes Körper vor mir auf dem Schlafsofa. Sie schaut mich fragend an, ob ich mit ihrer Körperhaltung einverstanden bin. »Nein. Dreh dich nicht um«, sage ich zu Anne. »Mach weiter so.« Ihre nicht vorhandenen Brüste, mein Eindruck, die Muttermale auf ihrem Oberkörper seien größer als ihre winzigen Brustwarzen. Vielen Dank. Auf Englisch »thank you«. Es ist die Rede gewesen von großen, schweren Brüsten, die man kaum »in der Hand halten kann«. »Wirklich«, frage ich in meiner letzten E-Mail, »sie sind so groß?« »Oh yes«, schreibt sie zurück, und sie sind »very cute«. Das hätte mich stutzig machen sollen. Anna fragt mich, ob sie sich auch ausziehen soll. Sie hat die Brüste, von denen Anne gesprochen hat, und ich erkenne später, dass Anne der Einfachheit halber so tut, als setze sie sich aus zwei Personen zusammen, ein Körper, der wahlweise blond, brünett, rasiert oder unrasiert, mollig oder petite sein kann. Mehr aus Müdigkeit denn aus Leidenschaft akzeptiere ich es und gebe mich damit zufrieden. Ist das am Ende eine unausgesprochene Regel meines Lebens, dass ich den sexuellen Akt schließlich nur noch als Kapitulation wahrnehme? Der Sex beendet die quälende und kraftraubende Suche danach. Der Vormittag, den ich in der Wohnung von Michael und Janette damit verbringe, mich mit Anne darüber zu verständigen, ob das Gewicht ihrer Brüste so groß ist, dass man sie mit den Händen kaum halten kann, endet in einer großen symphonischen Inszenierung, die aber vollkommen geräuschlos bleibt. »They are too strong«, schreibt Anne in wackeligem Englisch. »Was meinst du damit«, schreibe ich zurück. Und dummerweise setze ich hinzu: »Too heavy?« »Oh yes, sure and very cute.« Anna macht einen Schritt zurück, sie möchte wieder in den Chat, in dem sie mit ihrem polnischen Liebhaber zu einer Videokonferenz verabredet ist. Ich mag Anne. Anne, die auf der Couch sitzt oder besser gesagt kauert. Eine Gefangene meiner Phantasie. Sie erzählt mir, der Bruder ihrer Mutter arbeite in einem »Kulturzentrum« in Berlin und sie selbst sei eine begeisterte Leserin von Romanen von John le Carré. Als sie mir die zerlesenen und zerfledderten Bücher zeigt und mit einem koketten Lächeln bemerkt, sie würde mir, nachdem ich ihr gesagt habe, ich hätte in New York gar nichts zu lesen dabei, gerne eins schenken, tut sie mir auf einmal leid. Aber noch mehr tue ich mir selbst leid. Als ich wieder in meiner Wohnung bin und den ausgeschalteten Computer sehe, sage ich mir: »Du magst sie … Aber gefällt sie dir auch?« Stop and don't move. Ich möchte mich nicht daran erinnern. Das plötzlich zurückkehrende Bild von Anne in der U-Bahn, kurz hinter Jefferson Street. Ihr Körper unnatürlich verdreht, eingeklemmt zwischen Rückbank und Sitzfläche des Schlafsofas. Die Hände an den Oberschenkeln festgekrallt, die Augen glasig und die Fußsohlen auffallend groß, von einer zarten gelben Tönung, als würden ihre Füße heimlich rauchen. Mein Gott, um Himmels willen. Stop and don't move. Die Kälte in dem abgedunkelten Raum. Die Lebensmittelkartons aus einem Supermarkt, der osteuropäische Nahrungsmittel verkauft. Die Kälte in der Luft, die Kälte in meinen Fingerspitzen, in den Fingern von Annas Hand, die mich versehentlich berührt. Anne schaut mich an, während Anna sie berührt, so wie ich es Anne erklärt habe, die mit gespreizten Beinen und absurd eingeklemmtem Kopf auf der Couch hockt. Anna nickt. Als sei sie eine Haushaltshilfe. Es ist etwas schwierig, ihr zu erklären, dass ich sie am Anfang noch nicht nackt sehen will, obwohl ich mich auf ihre großen Brüste freue. Zu Judith sage ich einmal: »Das liegt jetzt hinter mir. Das sind Sachen, die ich während des Studiums gemacht habe.« Anne und Anna schauen mich an, warten auf Anweisungen. Ich lasse sie es noch einmal wiederholen, sie sollen es noch einmal tun. »Once again.« Eine plötzliche Rückkehr der Gefühle. Eine plötzliche Geste der Versöhnung. Ohne es zu wollen, nehme ich das Geschenk an, nehme den John-le-Carré-Roman mit und stelle ihn zu den Büchern von Michael und Janette, direkt neben Ilja Kabakov, in das Regal, in dem jetzt die Bruchstücke des arabischen Tongefäßes in einem Briefumschlag mit fünfzig Dollar liegen. »Noch einmal.« Oder: »Ja, genau so.« Ich wundere mich, dass sie sich das so einfach bieten lassen, dass sie sich dazu hergeben. Und dann meine Verzweiflung am Abend, als ich in meiner Panik, nicht rechtzeitig zu dem vereinbarten Telefonat mit Judith in der Grand Street zu sein, mit dem Taxi nach Williamsburg fahre, nur um wieder von derselben Telefonzelle aus anrufen zu können. Annes Gesicht. Ihre Hände auf den Oberschenkeln, ihre schmalen leicht geröteten Finger. Ihr Blick, als ich auf den glänzenden Film auf ihrem Körper schaue, das geräuschlose Leuchten des Speichels von Anna, der in meiner Erinnerung an diese Aufführung, diese atonale Symphonie dröhnend laut ist. Ein sprühender, eiskalter Tusch. Anna möchte ein Papiertaschentuch holen, aber ich verbiete es ihr. Später sitzt sie über die Tastatur des Computers gebeugt und tippt Nachrichten nach Polen ein. Sie hat einen Freund, eine Art Ehemann, so ganz bekomme ich es nicht heraus. Sie tippt ununterbrochen, als verfasse sie einen Bericht über das, was passiert ist, einen Bericht an eine Zentrale, an jemanden, dem wir darüber Rechenschaft ablegen müssen. Und wie Anne dann plötzlich weint. Ich sehe es, tue aber nichts. Anna bemerkt es gar nicht. Sie ist in einer unwürdigen Haltung in ein »Gespräch« mit Annes Körper vertieft, das ich immer wieder unterbreche, um Änderungen vorzunehmen. Die Tränen laufen in einer langen geraden Linie über ihre Wange und bleiben in ihrem Mundwinkel hängen. Ich sage, und ich bereue es später wieder: »Mach den Mund auf.« Ich sage es auf Englisch, aber es klingt in meiner Erinnerung auf Englisch viel zu sanft. »Mach den Mund auf.« Diese Symphonie, diese großartige, alle Körper miteinbeziehende, alle Möglichkeiten, alle nur denkbaren Interaktionen durchspielende Komposition. Es ist schade, dass wir den Spiegel nicht auch noch benutzen, und ich überlege noch, ob wir nicht unterbrechen sollen, als Anne ihren Mund öffnet, einen Spalt nur, und ihre Träne langsam in ihren Mund hineinläuft. Fünfundfünfzig Dollar allein für das Taxi. Eine Kurzschlusshandlung, nur damit ich rechtzeitig zu Hause bin, mein Kleingeld holen und zu unserer Telefonzelle in die Grand Street gehen kann. Es ist schon kurz nach Mitternacht, als ich Judith schließlich erkläre, ich hätte beschlossen, dass sie kommen muss. Eine Viertelstunde vorher habe ich noch in einem Internetcafé gesessen und ihre E-Mail gelesen, in der sie mir zum zweiten Mal innerhalb von achtundvierzig Stunden absagt. »Also gut«, schreibe ich, »wenn du es unbedingt willst. Wenn du es unbedingt auf einen Machtkampf ankommen lassen willst.« Die Träne läuft über ihre Wange, tastet sich über ihre Oberlippe vor, läuft dann, sich meinen Blicken entziehend, in ihren halbgeöffneten Mund. Ich stehe vor der Telefonzelle, in der warmen Nacht von Williamsburg. Judiths Stimme ist ein kleines, in ein Kästchen verpacktes Geschenk. Ich klammere mich an den Telefonhörer und starre auf den schmuddeligen Metallkasten, in dem ihre Stimme festzustecken scheint, starre auf die Schrift auf dem Telefon, »Coin«, »Collect«, »Local Calls«, und auf den großen geriffelten Drehschalter, auf dem »Coin Release« steht. Meine 25-Cent-Stücke fliegen nur so in den Kasten hinein, fünf Dollar verschwinden innerhalb von Sekunden. Ich bekomme es nicht hin. Ich schreie sie fast an, ich verliere die Nerven. Als ich mich umdrehe, sehe ich eine leere Plastiktüte in den Himmel aufsteigen, mit kreisenden suchenden Bewegungen, immerfort Luft holend, und ich hätte ihr, wenn ich etwas geistesgegenwärtiger gewesen wäre, »Stop. Don't move!« zurufen können, stattdessen lege ich auf. Wütend und mit meinen Nerven am Ende. Ein Widerschein von Licht, das sich in Flüssigkeit verwandelt und sich in den hellen mageren Körper von Anne einbrennt.

5

Lieben wir uns noch? Wir verlieren kein Wort darüber. Diese Frage scheint keine Rolle mehr zu spielen. Wir tun so, als sei das außerhalb unseres Vorstellungsvermögens, eine Frage aus einer anderen Wirklichkeit. Ich versuche es im Fischrestaurant, in Baltimore, kurz bevor der Strom ausfällt. Aber als der Notstromgenerator anspringt, habe ich es schon wieder vergessen. Vielleicht ist es der Anblick der weißen Sauce auf dem glasigen Berg von Nudeln, die wie eine weiße Perücke aussehen, die sich eine alte Frau vom Kopf gerissen hat. Judith schminkt sich. Das morgendliche Licht blitzt auf, eine große metallene Tür, die irgendwo in der Ferne geräuschlos geöffnet worden ist. Hitze kommt vom Hafen, wo ich zuvor gewesen bin. Leere Flaschen, die aufs Meer hinaustreiben und wieder eingesammelt werden. »Mein Gott«, schreibe ich in meiner letzten E-Mail an Gabriela, nachdem sie mir ein Foto ihrer Zwillinge geschickt hat. »Wie sehr habe ich dich begehrt.« Jedenfalls in der kurzen Zeit, die uns zur Verfügung stand. Judith schminkt sich. Der Anblick ihres Gesichts, das sich allmählich in etwas verwandelt, was ich begehre, ist bestürzend. Ihr Gesicht, das mir so vertraut ist, täuscht mich. Es verschönert sich so, dass ich später immer wieder zu mir sage: Es ist nicht dieses Gesicht, das dich betrügt und dir etwas vorgaukelt, sondern es ist ihr wahres Gesicht, ihr ungeschminktes, privates Gesicht, das sie allen vorenthält. »Du siehst so viel besser aus«, sagt

Mads Christiansen, als er uns in München besucht. In der letzten Woche meines New-York-Aufenthalts treffen wir uns in einem unterirdisch gelegenen Restaurant in seiner Mittagspause in der Nähe des Rockefeller Centers. Es ist ein Mittagessen, das ich nicht so schnell vergessen werde. Mads Christiansen trägt eine graue Krawatte, die so schmal ist, dass seine gelenkigen Finger fast geringschätzig darüber hinwegtasten. »Du siehst so viel besser aus.« In Baltimore, im vierzehnten Stock. Ihr Gesicht ist ein großes goldenes Fenster, oder sollte man sagen, eine Agentur der Sonne und sie eine Aufsichtsratsvorsitzende des Lichts? Wie sie sich zum Fenster umdreht. Sie trägt einen enganliegenden Rock. Ihr großer dunkelgrüner Schminkkoffer steht aufgeklappt neben ihr auf dem Fensterbrett. Ihre Bewegungen sind routiniert. Sie nimmt einen Stift aus dem obersten Fach des Schminkkoffers, während sie mit der anderen Hand eine kleine Bürste festhält. Als wir später, auf der Suche nach dem Geburtshaus von Edgar Allan Poe durch die Stadt irren, ist ihr Gesicht zerlaufen und verschwitzt. Die Bürgersteige sind mit Müll und alten Zeitungen bedeckt. Vor einem Haus liegt eine mit Regenwasser vollgesogene Matratze. Ich erinnere mich an eine Geschichte von Poe über einen Affen, der aus der Obhut seines Herrn ausgebrochen ist und in der ganzen Stadt gejagt wird. Judith hat sie mir einmal vorgelesen, doch ich bin dabei eingeschlafen. Der Affe, glaube ich mich zu erinnern, erklimmt irgendwann ein Haus und versteckt sich in einer Wohnung, er sucht Schutz vor seinen Verfolgern. »Manchmal möchten wir eben ein bisschen gequält werden«, sagt Judith. »Wir fürchten uns, aber wir können gar nicht abwarten zu erfahren, wie es weitergeht. Und schon hat man wieder umgeblättert.« Sie wirft lachend den Kopf zurück. Jemand, der noch zuvor behände über die auf dem Gehsteig liegende Matratze gesprungen ist, dreht sich plötzlich um und bleibt vor uns stehen. Für einen Moment hoffe ich, dass irgendetwas passiert, und sei es, dass ich einen potenziellen Angreifer in die Flucht schlage. »Ihr sucht dieses Haus, was?«, fragt der Mann und grinst uns an. Es passiert weiter nichts, er erklärt uns nur, dass das Poe-Haus zurzeit geschlossen ist und gerade renoviert wird. »Was finden wir denn daran so gut, Angst zu haben?«, fragt Judith, als wir weitergehen. »Warum gefällt uns das so sehr?« Sie steigert sich fast in einen Rausch. Ich höre ihr zu, so wie ich Mads Christiansen zuhöre in dem unterirdischen Steakrestaurant, bevor ich ihm zu verstehen gebe, dass unsere Freundschaft zu Ende ist. »Das ist etwas, von dem du nichts verstehst«, sage ich zu ihm. Der Affe klettert an der Hauswand nach oben. Warum sage ich es ihr nicht? Warum nicht? Ich liebe sie, wenn sie Vorträge hält, wenn sie mir irgendetwas erklärt. Aber ich finde noch nicht einmal die Kraft, ihr ein Kompliment zu machen, als ich am frühen Morgen von meinem Spaziergang zurückkehre und sie in unserem Zimmer antreffe. Als sei sie ein höheres Wesen, eine Hochhaus-Stewardess, mit der ich schon in wenigen Augenblicken in den Himmel von Baltimore aufsteigen werde. »Wir können einfach nicht aufhören«, sagt Judith. »Es ist zu aufregend.« Sie doziert über Edgar Allan Poe. Es könnte auch J.G. Ballard sein. »Das könntest du doch auch mal analysieren«, sagt sie. Ich bin nicht darauf vorbereitet, dass sie geschminkt und fertig angezogen ist. Den Rock tauscht sie später wieder gegen eine Jeans aus. Wenigstens ein Kompliment hätte ich ihr machen können. Wenigstens das. »Das ist eben das, was du nicht verstehst«, sage ich zu Mads Christiansen, in Anlehnung an unseren Streit in

München, im Café Freiheit. »Du verstehst es nicht, und trotzdem mischst du dich in meine Angelegenheiten ein.« Ich gehe auf sie zu. Die Sonne ist aufgegangen, steht auf halber Höhe über dem Hafen, Auge in Auge mit unserer Beziehung, dem Waffenstillstand, den wir vereinbart haben. »Lass uns gehen«, sagt sie. Es passiert nichts. Nicht in Baltimore. Ihr Gesicht ist wunderschön. Wir spazieren im diesigen Mittagslicht und suchen das Haus von Edgar Allan Poe. Es ist das Gesicht, das Gestalt angenommen hat, anders kann man es nicht sagen. Sie hält es mir hin, beziehungsweise sie hält es sich selbst hin. »Haben wir gestern Nacht eigentlich Sex gehabt?« Kann man eine unpassendere, eine hilflosere Frage stellen? Es ist natürlich als Witz gemeint, als lässige Bemerkung, die zwischen Paaren, die schon hundertausendmal Sex gehabt haben, eine große gemeinsame Intimität heraufbeschwört. Sie tritt ans Fenster. Die Aufsichtsratsvorsitzende, die Frau im dunkelblauen enganliegenden Rock. Ganz Baltimore liegt uns zu Füßen. Es ist, als befänden wir uns auf dem Dach der Erde, am höchsten Punkt. Ich stehe direkt neben ihr, und wir schauen zusammen auf die Stadt. Es ist ein grandioser Ort, nahezu perfekt. Aber sie hat Angst, wir könnten uns verspäten und an der Rezeption Ärger bekommen. »Warum sehnen wir uns so danach? Es macht doch keinen Spaß, sich vor etwas zu gruseln«, sagt sie. Der Affe in der Poe-Geschichte wird erschossen, in seinem Versteck, in der konspirativen Wohnung, in die er geflüchtet ist. Er wird hingerichtet. Das Panorama, der Ausblick ist phantastisch. Judith sieht grandios aus. Aber es ist zu spät. Sie ist schon geschminkt. Ihre Haut ist von einer Patina überzogen, unsere Berührungen sind nur noch Blicke. Es ist nicht in Baltimore passiert. Tatsächlich muss ich ein ganzes Kalenderjahr weiter zurückgehen. Ich stehe mitten in der Unterhaltung mit Mads Christiansen auf. Er hat etwas Verletzendes, etwas Ungeheuerliches gesagt. Im Schatten des Rockefeller Centers unter der Erde, am tiefsten Ort unserer langjährigen Freundschaft. Sechs Monate zuvor, als ich mit Judith in dem Sportwagen ihrer Tante sitze und durch die Wüste fahre, denke ich noch, dass es uns beiden guttut, dass sie in Washington ist und dass das für unsere Beziehung wie ein Urlaub ist. Es sind nur noch ein paar Stationen bis Broadway Junction, wo ich umsteigen muss. Der Zug hält. Menschen mit verschwitzten Hemden und nassen Gesichtern sitzen mir gegenüber. Alle ignorieren die Zeit. Es ist der Tag nach Silvester. Ich erinnere mich an diesen Aufbruch, der beinahe etwas Kraftloses und Beiläufiges hat. Dabei hätte ich doch vor Freude außer mir sein müssen. Auf dem Weg in die Wüste. Noch jetzt, während ich mit geschlossenen Augen darum flehe, den Flug nicht zu verpassen, habe ich das Gefühl, dass wir noch immer unterwegs sind. Anza-Borrego Desert State Park. Primm. Das rote, brackige Wasser des Salton Sea. Wir rasen in eine leere, glühende Landschaft hinein, die unter uns verschwimmt und über uns von kristalliner Durchsichtigkeit und Weite ist. »Wie kann ich dorthin zurück?«, denke ich auf einmal, als der Zug wieder losfährt, »wie kann ich mich in dieser Leere verkriechen?« Ich liebe es, wenn Judith fährt, sie schaltet das Radio ein und singt. Sie bewegt sich zum Rhythmus eines alten Hits, eines Hits aus der Steinzeit der Musikgeschichte, eines uralten Heulers. Sie tanzt. Im Auto. Ich kenne niemanden, der so gut in einem Auto tanzen kann, das er gleichzeitig mit so großer Gelassenheit steuert. Der Tanz führt direkt in die Wüste, führt direkt in Judiths bronzefarbenes Gesicht. Ihr Profil ist klassisch schön, von einer antiken Gleichmäßigkeit, obwohl sie ja tanzt und singt, eine Rockröhre mimt und beim Refrain das kleine Radio im Auto ihrer Tante glatt in Grund und Boden singt. Ihr Profil ist eine Frage, eine große unbeantwortete Frage: »Wie kannst du so jemanden nicht lieben. Wie soll das überhaupt gehen?« Auf dem Weg in die Wüste. Die sechs Tage, die uns zur Verfügung stehen, die letzten Tage, an die ich mich jetzt mit aller Kraft zu erinnern versuche.

Teil Drei

1

Immer dann, wenn wir unterwegs sind, wenn wir ein Ziel vor Augen haben, verstehen wir uns am besten. Wir legen Entfernungen zurück, vor denen wir sonst zurückschrecken würden. Stundenlang fahren wir, ohne auch nur ein einziges Mal anzuhalten. So als ginge es darum, sich in der Bewegung zu verflüssigen und auch innerlich beweglich zu bleiben, trinke ich ständig etwas. Auf dem Rücksitz stapeln sich die leeren Flaschen. Auf der Fahrt nach Borrego Springs, nach Primm und zu den Kelso Dünen nehme ich so viel Flüssigkeit zu mir, dass es auch Judith auffällt. Spüre ich die herannahende Krankheit, ahne ich die drohende Eskalation? Judith trinkt kaum etwas. In meiner Erinnerung nippt sie nur an ihren Getränken. »Was ist dein Lieblingsgetränk?«, frage ich sie einmal. Und sie antwortet: »Ich hab keins.« Und dann sage ich: »Aber du musst doch eins haben.« Sie wirft mir vor, ich interessierte mich nicht für Alkohol, hätte keinen Sinn für den Rausch, die Verausgabung. Sie bedauert es, dass wir nicht mehr trinken, und mit »mehr trinken« meint sie zweifellos Alkohol. Vielleicht sei ich ja deswegen so kontrolliert und asketisch, weil ich meinen Klienten gegenüber »so viel Verantwortung« empfände, dass ich mir keine »hedonistischen Momente« erlauben wolle. Ich widerspreche ihr nicht, teils aus Eitelkeit, teils weil ich gerne glauben würde, dass sie die Wahrheit sagt. Obschon alle Erkenntnisse, zu denen ein wohlwollender Beobachter kommen würde, dagegen sprechen, denn ich lasse mich genau deswegen gehen und schrecke genau deswegen vor keiner Eskapade zurück, weil ich denke, ich könne meine Klienten dann besser verstehen, und zwar in all ihren Verfehlungen, ihren Sehnsüchten und ihren zerschlagenen Hoffnungen. Ich trinke ununterbrochen, aber ich kann mich nicht erinnern, dass wir auch nur ein einziges Mal anhalten. Muss ich nicht irgendwann diese ganze Flüssigkeit loswerden? Ich frage mich das im Zuge meiner Erinnerung, die mir zusehends unberechenbarer und manipulativer erscheint. Warum muss ich nie auf die Toilette? Nur einmal, es ist irgendwo nördlich des Anza-Borrego Desert State Parks, erinnere ich mich, wie ich den Wagen verlasse und Judith und ich auf einmal getrennt sind und es mir mitten in der Wüste nicht gelingt, die Straße zu überqueren. Ich versuche hinüberzukommen, aber es ist unmöglich. Wenn ich die Augen schließe und mir die Szene zu vergegenwärtigen versuche, reißt der Strom der Wohnmobile mit ihren mit Segeltuch bespannten Aufbauten und ihren mit Fahrrädern und Motorrädern beladenen Anhängern, ihren Zusatzfahrzeugen, Aufklebern, Wimpeln und Amerikaflaggen nicht ab. Und es kommen immer neue Wohnwagen, neue Sport Utility Vehicles mit Anhängern, auf denen in ritterlicher Pracht die Motorräder stehen, die mit Gummibändern festgezurrt sind. Es ist einfach unendlich, es hört nicht mehr auf, und ich schaffe es nicht, in meiner Erinnerung, diesen Strom von Fahrzeugen zu unterbrechen, ihn zu Ende gehen zu lassen. Ich schaffe es nicht, die Straße zu überqueren, ich komme nicht auf die andere Seite.

Wir fahren Richtung Nordwesten, übernachten in einem kleinen Ort nicht weit von San Diego, besichtigen eine Geisterstadt, die in Wirklichkeit ein von Familien und Touristen überflutetes Freilichtmuseum ist, fahren weiter, übernachten wieder und erreichen schließlich den Anza-Borrego Desert State Park. Wir fahren so langsam, dass jemand neben uns herlaufen könnte, wenn es in dieser Einöde noch jemanden außer uns gäbe. Wir tun nichts anderes, als zu fahren, stundenlang, um dann am Abend in einer ausgeklügelten, dramatischen Inszenierung das schönste, aber auch das billigste Hotel zu finden, in dem wir dann wenig später einschlafen, um am nächsten Tag zu versuchen, noch etwas Besseres und Schöneres zu finden. Eine Aufgabe, die sich nicht so leicht erfüllen lässt, wenn man nicht vorher schon alles plant. Judith versucht, die Übernachtungsorte immer per Internet zu buchen, was vor unserer Fahrt nach Baltimore fehlschlägt, da ich zwei Stunden lang ihre Bemühungen torpediere, bis sie sich geschlagen gibt und wir ohne Buchung losfahren. Dieses Fahren, dieses gleichmäßige Dahingleiten nimmt in meiner Erinnerung den meisten Raum ein. Am liebsten würde ich nur daran denken, wie wir fahren. Ab und zu unterbrechen wir unser Schweigen, schalten das Radio ein oder hören eine CD. Eine Klientin hat mir eine zum Abschied geschenkt, und ich bedauere es, dass ich mich aus professionellen Gründen jetzt nicht mehr bei ihr melden und mich für die CD bedanken kann. Die Band nennt sich nach einer Figur aus einer Erzählung von Kafka »Blumfeld«, und Judith und ich singen bei »Tausend Tränen tief« laut mit. Judith liebt das Lied. Sie programmiert den CD-Spieler so, dass wir es immer wieder hören können. Zu einer gelungenen Reise zweier Menschen, die sich lieben, gehört es, dass man darum kämpft, Orte zu finden und zu Orten zu gelangen, die in der Erinnerung später eine Rolle spielen und unvergesslich bleiben. »Möchtest du mal schauen?«, fragt Judith jedes Mal, wenn wir ein Vacancy-Schild sehen. »Nein, lass uns noch ein bisschen weiterfahren«, sage ich. »Es sieht irgendwie komisch aus.« Mir bleiben zwei Nächte in Erinnerung, wenn man die Rückfahrt nach San Diego nicht mitzählt. Die anderen Nächte, die wir irgendwo verbringen, in denen wir irgendwo übernachten, sind aus meiner Erinnerung mehr oder weniger schon wieder verschwunden und nicht mehr rekonstruierbar. Es sind die Nächte, die verloren gegangen sind.

Den Verdacht, dass ich diese Reise verkläre, habe ich von Anfang an. Ich denke immer, in Baltimore ist nichts passiert, Baltimore ist eine einzige Katastrophe, obwohl ich vorher noch gedacht habe, Baltimore sei in Wirklichkeit ein Neubeginn gewesen. Die Reise in der Wüste erscheint mir jetzt im Nachhinein als etwas ganz Besonderes, und ich möchte sie eigentlich lieber nicht in Frage stellen. Ich suche ein besonderes Detail, einen Ausdruck von Charme im Stil der Einrichtung, wenn ich mir die verschiedenen Hotelzimmer, Motels und Privatunterkünfte anschaue. In Julian hat eine Frau das Jugendzimmer ihres Sohnes in eine märchenhafte Traumlandschaft und die Zimmerdecke mit Tüchern und Diaprojektionen in einen Sternenhimmel verwandelt, auf den sie so stolz ist, dass wir, während wir das Zimmer besichtigen, die ganze Zeit nur zur Decke schauen. »Das ist genau das Richtige für ein junges Paar«, sagt sie. Wir schauen uns neun verschiedene Unterkünfte an. Zwei Motels, drei Hotels und vier Privatunterkünfte, bevor wir Julian wieder verlassen und in den Nachbarort fahren, um dann aber doch wieder zurückzukehren und in einem Hotel zu übernachten, das uns gar nicht gefällt. »Das ist wunderschön«, sage ich zu der Frau in Julian. »Und ich sehe, Sie haben hier sogar ein Himmelbett.« Judith setzt sich in den Wagen und wartet, bis ich den nächsten Versuch starte. Es ist eine besondere Fähigkeit von ihr, in schwierigen Situationen von einer auf die andere Sekunde absolut teilnahmslos und gefühllos zu werden. Sie zeigt keine Anzeichen von Erschöpfung. Wenn ich sie frage, ob alles in Ordnung ist, nickt sie nur. Am nächsten Morgen verlassen wir Julian und fahren auf dem direkten Weg zum Anza-Borrego Desert State Park. Man kann das Gaspedal in dem Camaro so einstellen, dass der Wagen automatisch Gas gibt und man überhaupt nichts mehr tun muss, außer zu lenken. Wir fahren, ohne anzuhalten. Wir wissen noch nicht, dass wir kurze Zeit später das schönste Hotel und damit den Höhepunkt unserer Reise schon erreicht haben.

Das Hotel liegt etwas abgelegen und ist nicht so leicht zu finden. An einigen Stellen ist der Weg nur noch eine Sandpiste. »Hier ist niemand«, sagt Judith, als wir über ein asphaltiertes Stück zwischen niedrigem Gestrüpp fahren. Aber dann taucht es plötzlich auf, wie ein aus dem Felsen herausgebrochenes Monument. Es ist ein flaches zweistöckiges Gebäude, von hochgewachsenen Palmen umgeben. Als wir uns nähern, erkennt man deutlich, dass es bewohnt ist. Es trägt einen ganz einfachen Namen. Es heißt The Palms. Es ist niemand da, keine Gäste, kein Personal, nicht einmal jemand am Empfangstresen. Für einen Moment vergessen wir die stundenlange Suche nach dem geeigneten Ort, die Agonie, in der wir die ganze Gegend abgefahren sind. Palm Canyon Drive, Borrego Valley Road, Henderson Canyon Road. Wir stehen an der Rezeption, kleine Stapel mit weißen Handtüchern liegen nebeneinander auf dem Empfangstresen. Ich sehe es in Judiths Augen, die Leichtigkeit und Beschwingtheit, mit der sie unser Zimmer in Beschlag nimmt. Die Lobby ist erleuchtet, und im Hintergrund läuft fast unhörbar etwas von Burt Bacharach. Wir sind allein, aber trotzdem scheint es, als wären bis vor wenigen Sekunden alle noch da gewesen. Das Einzige, was wir tun müssen, ist, eine Telefonnummer zu wählen und einer freundlichen Frauenstimme am anderen Ende unsere Kreditkartennummern durchzugeben, und schon können wir uns eine Suite zu besonders günstigen Konditionen aussuchen, mithin also den schönsten, spektakulärsten Raum im ganzen Haus. In den 40er Jahren haben hier Hollywood-Schauspieler residiert. Die Inneneinrichtung ist im Art Deco Stil gehalten, und die verfallenen Bungalows in der Umgebung erinnern an alte glanzvolle Zeiten, in denen das Hotel ständig ausgebucht war. Als wir draußen im Whirlpool sitzen und auf die Palmen und das beleuchtete Hotel schauen, wird uns auf einmal bewusst, was für ein Glücksfall das ist. »Das ist wahrscheinlich das schönste Hotel, das ich jemals gesehen habe«, sagt Judith. »Wirklich, ganz bestimmt«, erwidere ich, während über dem Pool ein leichter Dampfschleier aufsteigt. Die Palmen spreizen sich im Wind. Licht windet sich durch die Lobby, den Saal, unsere Suite im ersten Stock, mit dem ums Eck herumführenden Fensterband, das einen violetten Schimmer verbreitet. Die Granitfelsen des sich hinter dem Hotel erhebenden Indian Head ruhen in der Dunkelheit. Judith streckt ihre Beine aus. Ich sage ihr, wie gut ihr der Ring steht, den ich ihr gekauft habe. Der kleine künstliche Brillant ist auf einem durchsichtigen Plastikband so befestigt, dass es so wirkt, als klebe der Diamant direkt auf dem Gelenk ihres Zehs. Sieben Dollar fünfzig. Wir stützen uns mit den Armen auf den Plastiksitzen ab. Wir können unser Glück nicht fassen. »Und es ist niemand hier«, raunt sie mir zu. Wir stellen uns vor, wir seien die letzten Menschen auf der Erde und fünfzehn Minuten nach dem Untergang der Welt funktioniere alles noch, sogar der Whirlpool. »Hättest du das gedacht«, sage ich, »dass wir so ein tolles Hotel finden?« Ich möchte ein bisschen Anerkennung dafür, dass ich bei der Suche so hartnäckig darauf bestanden habe, jedem Hinweis nachzugehen. Das Hotel wird in meinem Reiseführer als Geheimtipp gehandelt. »Das hast du toll gemacht.« »Und es hat dich nicht genervt?« Ich lasse meine Füße leicht aus dem Wasser hochsteigen. »Natürlich hat es dich ein bisschen genervt.« Judith schüttelt den Kopf. »Nein«, sagt sie. »Es ist das schönste Hotel der Welt, und ich werde es niemals vergessen.« Sie dreht sich zur Fassade des Palms um, schaut anerkennend auf die schwarzen Fensternischen und die im Dunkel liegende Glasfront des Restaurants. Wir müssen in die Stadt zurück, um etwas zu essen. Die Aussicht, unser Hotel für ein paar Stunden zu verlassen und dann wieder zurückzukehren, ist geradezu berauschend.

Ich mache die Augen zu, und wir küssen uns. Lichterketten sind um die Palmen gewickelt und bilden einen illuminierten Raum, der unseren vor dem Hotel stehenden Wagen umgibt. Zwei andere Wagen stehen ebenfalls auf dem Parkplatz. Es müssen die Fahrzeuge der Toten sein, die die Katastrophe nicht überlebt haben, deren Tod aber glücklich und schmerzlos gewesen ist und die jetzt, wie Judith glaubt, auf dem höchsten Punkt des Indian Head begraben sind. Es ist niemand da, wir könnten uns im Whirlpool lieben. Es ist ein spielerischer Gedanke, der nicht ganz zu dieser friedlichen, geisterhaften Umgebung passt. Das warme Wasser beruhigt und entspannt. Judith erzählt von ihrer neuen Wohnung in Washington, die sie sich mit Kyra teilt. Der Einfluss von Kyra macht sich immer mehr bemerkbar. Von Ethnologie ist überhaupt nicht mehr die Rede. Bei Judiths neuem Promotionsthema geht es um die Anfänge der internationalen Hilfsgemeinschaften, das Internationale Rote Kreuz und wie die Erfindung der Telegraphie und des Morse-Codes die moralische Distanz zwischen den Schlachtfeldern und den zu Hause Gebliebenen immer mehr verringert hat. Die Zentrale des Roten Kreuzes, sagt Judith, liegt in Genf. Sie sieht wie das Gebäude eines Pharmakonzerns aus. Die Menschen, die dort arbeiten, sind ganz jung und entspannt. Ich bin selbst ganz berauscht von der Vorstellung, Judith sei im Grunde schon jetzt ein weltweit operierendes Führungsmitglied der WHO, eine weltweit eingesetzte UN-Spezialistin. Sie ruht sich im Whirlpool aus. »Hast du schon mal im Wasser Sex gehabt?«, frage ich, um das Thema zu wechseln. Sie legt ein bisschen den Kopf schief. »Ja«, sagt sie. »Aber es macht nicht so viel Spaß, wie man denkt.« Ein Auto nähert sich dem Hotel. Aber es ist nicht weiter besorgniserregend. Zwei große flauschige Badehandtücher liegen links und rechts des Whirlpools. Das Hotel gehört ohnehin uns. Wir sind als Erste da gewesen. »Sie sind zurückgekommen«, sagt Judith. »Wer?«, frage ich. »Na, die anderen«, sagt sie, eine Fußspitze leicht aus dem Wasser herausstreckend, der kleine billige Zehenring blitzt Aufmerksamkeit heischend im indirekten Licht der im Boden verankerten Strahler auf, die den Pool beleuchten. »Die anderen, die hier auch wohnen.« Sie lächelt vor sich hin. Ihr Lächeln, ihre Schönheit, bekommt etwas Mondänes. Sie könnte einer dieser Hollywoodstars sein, die in den 40er Jahren zur Erholung hierher gefahren sind, bevor das alte Hotel abgebrannt ist. Die Landebahn des Flughafens endet direkt hinter uns, nur wenige Meter von uns entfernt, und ist jetzt mit Sträuchern überwuchert. Judith atmet tief ein und streckt die Beine aus. Das fremde Auto erreicht den Parkplatz. Und unser Glück erhebt sich, steigt vor uns aus dem Wasser und läuft, in die großen weißen Hotelhandtücher gehüllt, in unsere verschwenderisch erleuchtete Suite. »Willst du schon mal gehen?«, fragt sie. »Oder möchtest du, dass ich zuerst gehe.« »Warte«, sage ich. In diesem Moment bin ich mir über die Bedeutung dieses Augenblicks nicht im Klaren. Ich spüre nur, wie angenehm warm das Wasser des Whirlpools ist.

2

Als ich am nächsten Morgen hinter dem Haus in Richtung Indian Head laufe, weiß ich noch gar nicht, dass die Zeit, die wir im Palms verbracht haben, schon wieder zu Ende ist. In diesem Moment erscheint es mir noch so, als würde dieser Morgen der Auftakt eines langen Aufenthalts sein. Das morgendliche Licht schneidet eine begrünte felsige Anhöhe aus dem Granitmassiv des Indian Head heraus, und ich nehme mir vor, diese Anhöhe zu erklimmen, und zwar nicht gehend, sondern laufend. Die weite Fläche des halb sandigen, halb mit niedrigem Buschwerk bedeckten Talgrunds liegt noch im Schatten, die Anhöhe selbst dagegen schon in der Sonne. Ich laufe in der Erwartung, eine wunderbare Aussicht zu haben und das Tal, in dem unsere Unterkunft liegt, überblicken zu können und mit einer berauschenden Erfahrung wieder zurückzukehren. Tatsächlich denke ich, als ich schweißgebadet oben stehe, die kühle morgendliche Luft um mich herum, ich müsse von dort Judith zurufen, sie solle auch hochkommen. Das dunstige Licht, das riesige Tal, die kaum hörbaren Motorengeräusche aus der Ferne. »Guck dir das an«, sage ich in Gedanken zu ihr. In unsere Badehandtücher gehüllt und mit den Schuhen in den Händen, gehen wir am Pool des Hotels vorbei zur Lobby. Hätten wir sie vielleicht ansprechen sollen? Sie sind das einzige Paar, das wir auf der ganzen Reise treffen. Man hätte sich miteinander bekannt machen können. Wir verlassen den Whirlpool genau in dem Moment, in dem sie aus dem Wagen steigen, den sie direkt neben unserem auf dem Parkplatz abgestellt haben. Langsam und uns den Anschein träger Unaufmerksamkeit gebend, schlurfen wir auf sie zu. Es ist unglaublich, aber es ist das Paar, das wir am Nachmittag auf dem Weg nach Borrego Springs schon gesehen haben. Sie fahren einen schneeweißen Ford Voyager und sehen wie eine amerikanische Kopie unserer selbst aus, wie Judith später beim Essen in dem Restaurant in Borrego Springs behauptet. »Findest du nicht?«, fragt sie. »Er sieht ein bisschen aus wie du.« Sie haben ihr Gepäck noch im Wagen gelassen. Ihre Blicke sind vorsichtig und zurückhaltend. Sie sind sich nicht sicher, ob das Hotel nicht in Wirklichkeit ein Privathaus ist und wir die Besitzer sind. »Sie dachten, es gehört uns«, sagt Judith. »Ja«, sage ich, »sie haben sich gar nicht getraut hereinzukommen.« »Ist das ein Hotel?«, fragt schließlich der Mann, der ein weißes Polo-Shirt und Bootsschuhe trägt. Ich schlüpfe in meine Turnschuhe. Judith hält ihre Sandalen noch in der Hand. Für einen Augenblick spiele ich mit dem Gedanken zu erklären, sie seien hier in eine geschlossene Gesellschaft geraten und wir würden es bedauern, ihnen kein Zimmer mehr anbieten zu können. Aber mir fällt nicht ein, was geschlossene Gesellschaft auf Englisch heißt, und ich ahne, dass Judith später traurig darüber sein könnte, dass wir dem Paar das Wochenende verdorben haben. Wäre der Abend anders verlaufen, wenn wir sie kennengelernt hätten? Oder ist es schon ein Zeichen von Kraftlosigkeit, dass ich nicht »Nein« sage und verhindere, dass irgendjemand sich dem Hotel auch nur nähert.

Es steht schon jetzt fest, dass in der Nacht nichts passiert ist. Wir sind eingeschlafen und dann wieder aufgewacht. Ich laufe zum Indian Head, erklimme den ihm vorgelagerten Hügel und stehe um 6.45 Uhr hundert Meter oberhalb unseres Hotels und höre das rasenmäherartige Dröhnen eines Autos, das die Borrego Valley Road Richtung Visitor Center fährt. Noch mehr, als das Paar nicht weggeschickt zu haben, bedauere ich später, dass wir uns nicht mit ihnen angefreundet haben. Es ist eine verpasste Gelegenheit, ein Moment, in dem wir als Paar gescheitert sind. Warum freunden wir uns nicht mit ihnen an? Warum flüchten wir aus dem Hotel und gehen in ein billiges mexikanisches Restaurant in Borrego Springs? Bis zum letzten Moment spiele ich mit dem Gedanken, das Essen doch mitzunehmen und im Hotel unter würdigeren Umständen zu verspeisen. Aber Judith erklärt, dass sie unbedingt Alkohol trinken will und dass man die Margaritas nicht mitnehmen kann. Was spricht dagegen, vier Margaritas mitzunehmen, wenn man dafür bezahlt, denke ich in der U-Bahn auf dem Weg zum John-F.-Kennedy-Flughafen. Ich darf auf keinen Fall Broadway Junction verpassen. Immer wieder starre ich auf den Plan. Die A-Linie fährt direkt bis Howard Beach, dort startet der Shuttle-Zug, und dann bin ich im Grunde schon am Flughafen. »Ihr müsst diese Telefonnummer anrufen«, sage ich zu dem Mann, der vielleicht Anwalt oder Steuerberater ist. »Danke«, sagt er, und seine Freundin legt den Arm um ihn. Ihre strohblonden Haare sind zu einem peinlich genau verschnürten Pferdeschwanz zusammengebunden, der wie ein goldener Staubwedel über ihren mageren Nacken hängt. Ich laufe den steinigen Pfad, den Felsbrocken ausweichend, wieder herunter. Auf einem Geröllabschnitt gerate ich ins Rutschen und schlage mir den Ellbogen auf. Zuerst spüre ich nichts und laufe weiter. Als ich wieder ebenen Grund erreiche und der Ellbogen fast auf zarte Weise zu schmerzen beginnt, habe ich plötzlich den Einfall, Judith zu überreden, dass sie mit mir zusammen gleich nochmal zu dem Aussichtspunkt läuft. Möchte ich ihr beweisen, zu welchen sportlichen Leistungen ich fähig bin? »Sie müssen diese Telefonnummer anrufen«, sage ich zu dem Paar. »Es ist ganz einfach. Alle Zimmer kosten das Gleiche.« »Ja«, flötet Judith, »und es ist ganz billig, unglaublich.« »Wirklich?«, strahlt uns das Paar an. Ich laufe zurück. Immerzu laufe ich zurück. Die Luft auf dem Bahnsteig ist so heiß und stickig, dass ich sofort zu schwitzen anfange. Ich muss umsteigen, ich muss den A-Train finden. Schweiß läuft über meine Schläfen und meinen Hals. Ich möchte Judith beweisen, dass meine physischen Kräfte unbegrenzt sind. Vor allem am Morgen, wenn ich normalerweise noch nicht einmal die Kraft habe, Guten Tag zu sagen. »Schau dir das an«, sage ich zu ihr. Ich drehe mich nach dem Indian Head um. »Du musst dir das anschauen.« Sie sitzt auf der dunkelblauen Couch vor dem Panoramafenster, ein Handtuch um ihren Körper gewickelt und liest *Herr der Ringe*. In der Weite des Ausblicks, in der Stille des Morgens beuge ich mich zu ihr herunter. Die vereinzelten Motoren links und rechts der begrünten Oase schnurren wie Spieluhren. »Du musst da auch hoch«, flüstere ich ihr in Gedanken zu, während ich immer schneller nach unten laufe.

Zwei Stunden später sitzen wir im Hotel auf der Terrasse. Vor lauter Glück wissen wir gar nicht, was wir zuerst essen sollen. Die Muffins, die Cornflakes oder den Frischkäse, den wir dann auf den Muffins verteilen, weil es sonst nichts anderes gibt. Das Hotel wird noch renoviert, die Unterwasserbar, die direkt unter dem Pool liegt, wird vielleicht nächstes Jahr fertig. In diesem Moment weiß ich noch nicht, wohin sich das alles entwickelt. Ich weiß noch nicht, wo die Reise endet, zu welchem Ergebnis sie kommt. Wir gehen sehr vorsichtig miteinander um, sagen zu allem Bitte und Danke, sind ständig umeinander besorgt. Ich springe in den Pool. Das Wasser ist so kalt, dass man eigentlich nur hineinspringen kann und dann sofort wieder raus muss. Judith steht am Beckenrand mit der kleinen Einwegkamera, die wir unterwegs zusammen mit dem Zehenring gekauft haben. Ich springe zweimal. Einmal, als Judith am Beckenrand steht, und einmal, als Judith in der Unterwasserbar ist. Man schaut von dort direkt in den Pool hinein. Einen solchen Raum hat es, wie uns Dan, der Besitzer des Palms später erzählen wird, schon zu Zeiten der Hollywoodstars gegeben. Er diente als Cocktailbar, und abends konnten die Gäste dort sitzen und durch die Fenster das beleuchtete Wasser und die Schwimmer sehen, während sie selbst an ihren Cocktails nippten. Das Wasser des Pools ist blau, von Sonnenlichtflecken durchzogen, wie ein von Hand geknüpfter großer, seidener Teppich. Judith steht unterhalb der Wasseroberfläche am rechten Fenster der noch nicht fertiggestellten Bar mit dem Rücken zum Betonmischer. Ich springe. Im Grunde springe ich von der Anhöhe direkt in den Pool. Und ich verschiebe meine Liebeserklärung, ich verschiebe sie auf später. So wie ich es dann auch in Baltimore mache. Ich suche nach der richtigen Gelegenheit, nach dem richtigen Augenblick. »Hat es geklappt«, rufe ich ihr zu, »hast du es im Kasten?« Judith kann mich nicht hören, sie ist noch in der Bar. Das Wasser wird durcheinandergewirbelt, das feine, schimmernde, leicht schaukelnde Netz aus ineinandergewebten Lichtblasen zerreißt. Ich bin auf der falschen Seite gesprungen. »Es ist wunderschön hier«, sagt Judith. Wir frühstücken. Ich strecke meine Beine in der Sonne aus. Es ist der zärtlichste Moment des Tages, als Judith meinen Ellbogen mit einer Jodtinktur aus ihrer Reiseapotheke behandelt. Wir gehen nicht zurück zum Indian Head. Mir erscheint die Zeit zu kostbar. Ich verschiebe meine Liebeserklärung, in dem sicheren Gefühl, wir würden später Landschaften und Naturschauspiele sehen, die alles bisherige übertreffen und die den Gedanken an eine große, unerschöpfliche Liebe in sich tragen und eine solche Liebe dann von ganz allein hervortreten lassen. Ich springe vielleicht noch ein drittes Mal, bevor wir auf unser Zimmer gehen. »Ich springe jetzt auf der linken Seite.« »Du meinst das linke Fenster.« »Ja, von dir aus gesehen.« »Also auf der Seite?« Das Wasser ist ganz aufgewühlt und sprudelt um meinen Kopf herum. Woher nimmt sie diese Geduld? Die Geduld, zwei Stunden durch das ausgedehnte Gebiet von Borrego Springs zu fahren, um tatsächlich alle Hotels mit mir anzuschauen, und dabei nicht die Lust zu verlieren. Ich laufe. Judith liest *Herr der Ringe*. Sind wir glücklich? Kann es noch schöner werden? »Nein, links«, sage ich. »Von mir aus gesehen.« Judith geht wieder hinunter in die Bar, die wie der verlassene Drehort eines James-Bond-Films aussieht, während ich ins Wasser springe, einen feinen roten Blutfaden hinter mir herziehend. »Spring nochmal«, ruft Judith, die schließlich auch von dem Ehrgeiz ergriffen worden ist, ein gutes Foto zu machen. Es ist eine Einwegkamera mit 24 Bildern. Ich bekomme keins von ihnen je zu sehen, weil wir die Kamera später beim Spaziergang in den Kelso Dünen verlieren. Ich springe zweimal, dreimal, mehrmals. Am Ende kann ich es nicht mehr zählen. Alles verschwimmt. Ich laufe den engen steinigen Pfad hinunter, weiche Felsbrocken und dornigen Gebüschen aus. In einer Vision sehe ich auf einmal meine sich von mir entfernenden Klienten, die überstürzt zu entkommen versuchen. »He«, rufe ich. »Ihr verfluchten …« Aber sie sind schon zu weit entfernt.

Wir sind schon am Wagen, als mir einfällt, dass wir vergessen haben, uns vom Hotel zu verabschieden. »Wir haben vergessen, dem Zimmer auf Wiedersehen zu sagen«, sage ich zu Judith, während ich aussteige. Judith dreht sich um. Plötzlich hat sich das ganze Haus mit Leben gefüllt, und Dan, der Hotelbesitzer, ist aufgetaucht und erzählt uns, wie er das Palms vor Jahren zusammen mit seiner Frau Jackie entdeckt hat. Eine verlassene Ruine, die kurz davor stand, abgerissen zu werden. Ich frage Dan, ob wir nicht noch bleiben können. Wir würden auch einen höheren Preis zahlen. Dan ist ganz zerknirscht und erklärt mir, dass sich eine Filmcrew angekündigt hat und Aufnahmen für eine Bademoden-Kollektion machen will. »Kein Problem«, sage ich zu Dan. Die Hotels sind miteinander verbunden, sie gehen ineinander über. Wir übernachten in keinem von ihnen zweimal, wir verbringen nirgendwo mehr als einen Tag. In dem arkadischen Traum endloser Hotelaufenthalte reihen sich die Häuser und Orte aneinander wie Mahnmale, kostbare archäologische Funde, in denen die Nächte im Gestein dieser Orte eingeschlossen sind. Haus für Haus, Hotel für Hotel. Den gesamten nächsten Tag spüre ich noch die Aura und Atmosphäre des Palms. Das Herumirren, das

Nicht-Sesshafte. Die Liebe zwischen Judith und mir ist eine nomadische Liebe, denke ich und schreibe in mein Notizbuch: *Ist unsere Liebe eine nomadische Bewegung?* Direkt daneben schreibe ich: *Nomadische Liebe?* Für einen Moment, auf dem überfüllten Bahnsteig, als ich auf den A-Train warte, halte ich es auf einmal für möglich, dass meine Erinnerung mich betrügt. Sie suggeriert mir etwas, sie will mich von irgendetwas überzeugen. Was ist auf dieser Reise passiert? Gibt es etwas, das ich übersehen habe? Die Wagentüren stehen weit offen, als Judith, die sich schon die Sonnenbrille aufgesetzt hat, nachdenklich zum Hotel zurückschaut, als würde sie überlegen, ob eine Verabschiedung überhaupt notwendig ist. Das andere Paar ist nicht zu sehen. Judith hat ein Glas selbstgemachten Honig von Jackie, Dans Frau, gekauft, die an diesem Tag in San Diego geblieben ist. Selbstgemachter Honig passt eigentlich nicht zu dem Hotel, aber gerade deswegen ist es etwas Besonderes. »Aber das können wir doch nicht machen«, sage ich und schaue sie wütend an. Jeden Moment rechne ich damit, dass sie lächelt und mir zustimmt, zurückläuft und Dan um den Zimmerschlüssel bittet, um so zu tun, als hätten wir in dem Zimmer noch etwas vergessen. Aber sie schaut mich nur an, gedankenlos und stumm. Ihr bronzefarbenes, in der Mittagshitze metallisch wirkendes Gesicht glänzt. »Wir haben nicht mehr genug Benzin«, sagt sie, nimmt ihre Sonnenbrille ab, und ihr Blick hat jetzt auf einmal etwas Feindliches.

3

Sie hat eine besondere Leidenschaft für Angebote und Schnäppchen. Sie würde am liebsten immer nur Dinge kaufen, die heruntergesetzt sind. Sie schnappt sich etwas und flüchtet mit dem Geld, das sie gespart hat. Sie gibt sich gnädig, wenn sie einen Fang gemacht hat und die reduzierte Ware, die spottbillige Brosche aus Plastik, die kleine papierene Lampe mit Plastikgehäuse oder den türkisfarbenen Pullover mit aufgesticktem Schmetterlingsmuster, nach Hause schleppt. Sie triumphiert. Sie hat dem Warenstrom etwas entrissen, das ansonsten unweigerlich verloren gegangen wäre und das sie mir dann am Abend stolz vorführt. Ich kann sie noch so sehr zu überzeugen versuchen, bei Hotelübernachtungen funktioniert dieses System nicht. Sie würde nie freiwillig einen Umweg machen und nach einem billigeren Hotel suchen. In Primm kapituliere ich schließlich und passe mich ihren Bedürfnissen an. Primm besteht im Grunde nur aus Hotels und einer Tankstelle, ein paar Restaurants und Geschäften. Ich habe gar keine andere Wahl, als pragmatisch zu sein. Dass das Nipton nur wenige Kilometer entfernt ist, erfahren wir erst am nächsten Morgen. Primm ist eine Zwischenstation, im Nachhinein erscheint es mir wie eine Endstation. Ein Raumschiff, das in der Wüste gelandet ist, und wir stehen in der Schlange vor der Rezeption und hoffen, dass noch etwas frei ist. Plötzlich haben wir keine Kraft mehr, plötzlich werde ich pragmatisch. Ich stelle den Wagen auf dem riesigen Parkplatz vor dem Hotel ab. Primm ist ein Parkplatz mit Hotels. Oder: Es ist ein aus mehreren Hotels, Straßen, Restaurants und Tankstellen bestehender Parkplatz. Eine Straße kurz hinter der Staatsgrenze von Kalifornien, die Hotels geboren hat. Eine sechsspurige

Bundesautobahn, die sich plötzlich zu einem Gebäude zusammenfaltet und die Fahrzeuge zu Hotelzimmern übereinanderstapelt. Wir landen im 22. Stock. Wir sind furchtbar müde. Obwohl sie mir dankbar dafür ist, dass ich diesmal die Entscheidung ganz unbürokratisch und schnell treffe, hat sie schlechte Laune. »Wir nehmen das Erstbeste«, sage ich, und an der Art, wie Judith reagiert, an dem Ausmaß ihrer Erleichterung sehe ich auf einmal, wie sehr sie unter meinem Perfektionismus leidet. Das Hotel ist ein großer unförmiger Kasten. Sobald man es betritt, weitet es sich zu einer riesigen Themenlandschaft aus. Kleine elektrisch betriebene Boote gleiten durch einen künstlichen Wildbach um die Roulette-, Baccara-, Black-Jack- und Pokertische herum durch eine bunte Landschaft im Western-Style, die mehr oder weniger glanzlos in verschiedenen nebeneinanderliegenden Barbecuerestaurants endet. Immer wieder verfolge ich die Boote, wie sie durch die aufwendig gestaltete Westernlandschaft fahren, aber es sitzt niemand drin. Sofort denkt man, man habe draußen, auf der Straße, inmitten der Natur einen Fehler gemacht und die ganze Sache falsch eingeschätzt. Primm ist der Ort, in dem das Geld, das in der Wüste noch unwirklich erscheint, auf einmal wieder auftaucht, in einer großen glitzernden Maskerade. Die muschelartigen Zweisitzer gleiten durch die wassergefüllten Schächte. Keiner benutzt sie, sie spielen in der Inszenierung von Primm keine Rolle, wenn die Plätze an den Spieltischen und Spielautomaten eingenommen werden und nur ein paar müde gewordene Spieler an der Bar sitzen und eine Getränkepause machen. In den Zimmern, die sich in großen dunklen Türmen in die Nacht erheben, liegen die Schwachen und Ausgeschlossenen, die Geizigen und Ängstlichen. Niemand kommt hier auf die Idee, sein Zimmer als eine Unterkunft zu verstehen. Je weiter man sich von der lichtdurchfluteten Spielhalle entfernt, die anstelle einer Lobby das gesamte Erdgeschoss des Hotels ausfüllt, desto kraftloser und matter wird man. Natürlich bleiben wir nicht auf unserem Zimmer. Wir einigen uns darauf, unser Gepäck nach oben zu bringen, uns umzuziehen und dann wieder ins Erdgeschoss zurückzukehren. Während ich mich rasiere und Judith sich umzieht, überlege ich, wie viel Geld ich dabei habe und ob ich mich betrinken soll. »O.K.«, sage ich mir. »Also gut.« Judith probiert verschiedene Kleider an. Es sind nur zwei, aber sie wechselt sie ständig, sodass es mir am Ende so vorkommt, als hätte sie ein halbes Dutzend dabei. »Was meinst du, ob wir uns betrinken sollen?«, frage ich, das Gesicht noch vom Rasierschaum bedeckt. Sie steht vor dem Kleiderschrank, das erste Kleid in dem riesigen Spiegel betrachtend, der die gesamte hintere Raumhälfte einnimmt. Sie nickt, sie ist noch immer etwas benommen. »Ich möchte erst noch ein bisschen fernsehen«, sagt sie und dreht sich wieder zum Spiegel um. »Wie findest du das?«, fragt sie, sich selbst dabei anerkennend zunickend. »Passt das Blau zu den Schuhen? Oder nicht?«

An diesem Abend verlassen wir das Hotel nicht mehr. Es gibt auch außerhalb des Hotels keinen Ort, zu dem man gehen könnte. Als Erstes suchen wir eine Bar, um etwas zu bestellen. Ich möchte sofort einen Drink, um so schnell wie möglich betrunken zu sein. Judith schlägt aber vor, etwas zu essen. Inmitten dieses großen symphonischen Dröhnens, das von den Automaten kommt, sitzen wir in dem notdürftig abgetrennten Restaurantbereich und halten große abwaschbare Menükarten vor uns. Das Geklimper und Gedudel setzt sich aus 700 verschiedenen Maschinen zusammen, vor denen 400 Hotelbesucher sitzen oder stehen. Die Maschinen orgeln, quieken, klingeln oder singen. Die Benutzer, die gleichzeitig die Hotelbesucher sind, stehen davor. Halb ungeduldig, halb gelangweilt. Einige von ihnen sind über Kabel mit den Maschinen verbunden, und Judith erklärt mir, dass sie auf diese Weise kein Bargeld benutzen müssen. Andere tragen kleine Plastikeimer mit sich herum, in denen sie Unmengen von Kleingeld aufbewahren. Dabei handelt es sich meist um ältere Frauen, die mürrisch und geistesabwesend die Maschinen füttern. Vielleicht erinnert das Blinken, Quaken und Scheppern der Maschinen sie an etwas. Die Einführung der Geldstücke erfordert motorisches Feingefühl, erfordert Fürsorge und Sorgfalt. Die Ankunft oder besser gesagt die Rückkehr des Geldes erfüllt den Raum gelegentlich mit einem irrsinnigen Gelächter. Es ist fraglos eine Geburt. Eine Geburt ohne Schmerzen. Manche Maschinen veranstalten ein regelrechtes Feuerwerk, wenn sie einen Gewinn ausschütten. Die alten Frauen, die Ex-Mütter, die Cowboy-Mütter, nehmen das mit großer Gelassenheit hin, schaufeln sich das Geld in ihre Taschen oder in ihre Plastikeimer und spielen dann weiter. Kellner laufen zwischen ihnen herum, nehmen ihre Bestellungen auf und servieren ihnen auf kleinen Tabletts Speisen und Getränke. Das Licht spuckt, jault, krächzt und leidet. Wenn man die Augen schließt, wird das Zusammenspiel der Geräusche zu einem allmählich sich steigernden Horror, aber wenn man sie wieder öffnet, findet man das Leuchten und Blinken der Maschinen auf einmal unwiderstehlich. An den Tischen sind weniger Frauen, dort überwiegen die Männer. Ich traue mich nicht, zu den Tischen zu gehen, da ich fürchte, dort vielleicht wirklich viel Geld zu verlieren, obwohl ich ahne, dass der Abend nur dann ein Erfolg wird, wenn Judith und ich zusammen Geld verspielen. Aber dafür müssen wir erst betrunken sein. Um was geht es in dieser Nacht? Sind wir gekommen, um uns zu amüsieren, oder sind wir schon an einem Punkt, wo selbst die gemeinsame Freizeitgestaltung zu einer Herausforderung wird? Wir sitzen in dem Westernstadt-Ambiente des Restaurants und essen. Judith isst Salat, ich esse ein Stück Leber. Warum ich an diesem Abend, es ist schon kurz vor Mitternacht, wir haben die Drinks noch ein bisschen verschoben, Leber esse, ist mir selbst ein Rätsel. Judith amüsiert sich darüber, sie ist aber in gleichem Maße erleichtert, dass ich so viel Appetit habe und mir etwas »Richtiges« bestellt habe. Sie ist enttäuscht, dass das große Buffet, von dem man so viel essen kann, wie man will, schon geschlossen hat. »Sollen wir Boot fahren?«, frage ich, in der Hoffnung, sie hätte keine Lust. »Wir könnten die Drinks mit ins Boot nehmen und uns einen Überblick verschaffen.« Ich brenne darauf, etwas Unvernünftiges und Waghalsiges zu tun, ahne aber, dass ich dafür selbst kaum noch die Kraft habe. Judith hat die Fähigkeit, sehr gelassen und ruhig zu sein, eine Gelassenheit, die gleichermaßen eine Lethargie, eine latente Dumpfheit mit sich bringt. Ich sehe ihre Tante einmal am frühen Morgen vor dem großen Fernseher sitzen, eine Schale Obstsalat in der Hand und die Fernbedienung neben sich, während auf dem Bildschirm Terry Gilliams *Brazil* läuft. Morgens, kurz bevor sie zur Arbeit muss. Ihr Gesichtsausdruck ist der eines Kindes, das seiner Lieblingsbeschäftigung nachgeht. Die alten Frauen vor den Spielautomaten haben denselben Blick. Vielleicht ist es eine Halluzination. »Erst betrinken wir uns«, sage ich mir, während ich den Rasierschaum über das Gesicht verteile, »und dann gehen wir wieder nach oben in unser Zimmer. Und wir müssen unbedingt ein bisschen Geld verspielen.« Judiths Tante schaut *Brazil* und isst Obststücke. Am frühen Morgen, bevor die Arbeit in der Erziehungsberatungsstelle beginnt, in der sie ehrenamtlich tätig ist. Sie sagt immer, ich soll sie Betty nennen, obwohl sie aus Hannover stammt und eigentlich Elisabeth heißt. Ihr neuer Freund arbeitet als Kameramann für Fernsehproduktionen, ist aber noch gelassener und gemütlicher als sie. Man kann sich unmöglich vorstellen, dass er arbeitet. Die meiste Zeit fahren sie Auto. Der einzige Ort, an dem sie sich bewegen, ist ihr Haus, aber auch dort bewegen sie sich so langsam, dass sie immerfort genüsslich aufstöhnen, wenn sie eine Sitzgelegenheit finden und wieder ausruhen können. Wahrscheinlich ist Aaron bei seinem Job ganz anders. Womöglich explodiert er dann, und seine Kamera, von der ich mir kaum vorstellen kann, er könne sie länger als zehn Sekunden hochhalten, reißt ihn mit sich, und er fliegt den Darstellern und Schauspielern hinterher. Judith sagt, sie habe Angst, dass ihre Tante immer dicker würde und sich irgendwann gar nicht mehr bewegen könne. Schon jetzt sind Aaron und Betty korpulent, und ihre Bewegungen sehen aus, als studierten sie eine Haltung ein, die endgültig ist und die sie dann nicht mehr verändern müssen. Ich sehe ihre Müdigkeit und Lethargie als eine Bedrohung, der wir draußen in der Wüste mit ihren natürlichen Gefahren, ihrer Hitze, ihrer steinernen Unwirklichkeit so leicht entkommen sind. Ich frage die Bedienung des Restaurants, ob wir einen Drink bei ihr bestellen können, aber sie sagt, dass sie im Restaurantbereich keinen Alkohol ausschenken darf. Wir sind die letzten Gäste, vielleicht möchte sie uns loswerden. Auf einmal sagt Judith: »Lass uns hochgehen.« Sie sagt es mit einem Ausdruck matter und kraftloser Nachgiebigkeit, sodass ich mich sofort kerzengerade aufrichte, mit dem

Unterarm den Teller etwas vorschiebe und sage: »Aber jetzt geht es doch erst richtig los.«

Wie kann man morgens einen Film von Terry Gilliam sehen, morgens um Viertel nach acht? Die Spielautomaten klingeln. Es ist das drängende Klingeln von Besuchern, die man nicht lange warten lassen darf. Wollten wir nicht eigentlich unser ganzes Geld verspielen? Wollten wir uns nicht betrinken? Später, nachdem Judith ein paar Dollar an ihrem Lieblingsspielautomaten Wheel of Fortune verspielt hat und wir uns ein bisschen erholt haben, fällt mir das ein. »Hättest du Lust weiterzuspielen?«, frage ich. Ihre Augen strahlen, ich sehe, wie sie für eine Sekunde berauscht und unkontrolliert ist. »Wir könnten an einen der Tische gehen.« Judith schaut sich um. Ich zögere. Wir haben jeder zwei Gin Tonic getrunken, viel zu wenig, um den Kopf zu verlieren. Plötzlich rächt es sich, dass ich vorher so viel gegessen habe. »Wir könnten an einen der Tische gehen«, sage ich. Das ist der Augenblick, in dem mir klar wird, dass ich mich täusche, wenn ich denke, es wäre alles in Baltimore passiert und nicht in Primm. In Baltimore ist gar nichts passiert. Es ist dieser Augenblick in der Lobby, in der großen Spielhalle, ein Moment sexueller Aufgeladenheit, wie wir ihn seit Jahren nicht mehr erlebt haben. Judith lässt ihren Blick über die Automaten schweifen. Die Lichtorgeln, die großen autistischen Geldschleusen und Geburtsmaschinen. Ihr Blick streift zwei alte grauhaarige Frauen, die mit langen, telefonkabelähnlichen Schnüren mit zwei Wheel-of-Fortune-Maschinen verbunden sind. Die Tische sind von hier aus nicht zu sehen. An den Tischen passiert es. An den Tischen treffen sich die Geschlechter, dort wird das Geld ausgegeben. Dort werden die Existenzen ruiniert. »Willst du?«, frage ich. Ich schaue sie von der Seite an. Wie durch ein Wunder hat sich ihr müdes Gesicht, das mir im Restaurant, während wir gegessen haben, so leer und uninspiriert erschien, plötzlich in den Inbegriff beseelter Schönheit verwandelt. Ich möchte, dass sie glücklich ist. In diesem Moment, jedenfalls für den Bruchteil einer Sekunde, bin ich bereit, alles zu verspielen, was ich besitze, nur damit Judith und ich eine gute Zeit haben. Sie schaut sich um. Aber schon im nächsten Moment habe ich auf einmal Angst, sie könnte wirklich zu weit gehen, wenn ich nicht auf sie aufpasse. Wir stehen im Erdgeschoss, in der Lobby des Hotels. Inmitten dieser dimensionslos vor sich hin musizierenden Spielautomaten, die in Abständen von Jahrzehnten Augenblicke gebären, die für die alten Frauen die großen Glücksmomente sind. Und dann halten sie ihre Plastikeimer vor die Ausgabeschächte und schaufeln mit ihren knochigen Fingern die Münzen hinein. »Wir müssen nur einen Tisch finden«, sage ich. Judith reckt den Kopf. Dann finde doch einen Tisch, sage ich mir. Um Gottes willen, finde doch irgendwo einen gottverdammten Tisch. Ich taste in meiner Tasche nach meiner Kreditkarte. Es gibt zwei Möglichkeiten: Alles zu verspielen oder nach oben zu gehen und miteinander zu schlafen. Oder suche ich in Wirklichkeit nach einer Kombination? Die Spielautomaten bilden lange gleichförmige Reihen, zwischen denen leichtbekleidete Bedienungen hin und her laufen, um die alten Frauen aufzuspüren und sie mit Drinks zu versorgen. Sie möchte spielen. Judith möchte etwas riskieren. Ihre Augen leuchten, als hätte der Automat, an dem sie die lächerliche Summe von drei Dollar siebzig verspielt hat, sie infiziert. Tatsächlich aber ist das der Blick, den ich schon kenne. Es ist ihre Begeisterungsfähigkeit, ihre große emotionale Kraft, die in ihr verborgen ist und mit der wir endlich irgendetwas anfangen sollten. Eine Kraft, die unser Leben vielleicht lenken und zu einem glücklichen Ende führen könnte.

4

Durch den langen, mit Teppich ausgelegten Gang nähert sich eine Kellnerin.

Sie trägt ein leeres Tablett und ist auf der Suche nach Gläsern und Flaschen, die die alten Frauen stehen gelassen haben. Es ist halb drei. Die Spielautomaten sind verwaist. Die alten Frauen sind nicht mehr da. Judith wendet den Blick ab. Sie schaut auf das Display des Automaten, an dem sie vorher gespielt hat. »Hast du noch einen Dollar?«, fragt sie. Mit einem Gefühl der Erleichterung greife ich in meine Tasche. Es hat gar keinen Sinn, wenn wir wirklich einen größeren Betrag verspielen. Ich denke das vielleicht im Hinblick auf die Nacht, die uns noch bevorsteht. Die Stunden, die uns noch bleiben, wenn wir auf unserem Zimmer sind. »Es ist doch viel besser so«, flüstere ich, raune ich mir zu. Jetzt, während ich auf den A-Train warte, der mich schließlich zum Flughafen bringt, und diesen Augenblick Revue passieren lasse, ist es nur ein ganz kurzer Moment, ein kurzer Augenblick. »Willst du?«, frage ich. Ich sehe uns, in der Erinnerung, wie wir zurück ins Zimmer gehen. Das große, glamouröse Bett, von dem wir das Bettzeug heruntergerissen haben. Ich sehe unser Zimmer, ein grelles hyperrealistisches Gemälde. Das Gemälde eines kalten, körperlosen Kusses. Es ist mehr ein Versehen, dass wir den Pay-per-View-Kanal benutzen. »Warum nicht?«, sagt Judith, als ich sie frage, ob sie das sehen will.

Und sie greift nach dem Kopfkissen, das auf den Boden gefallen ist. Unsere Lebensgeister kehren noch einmal zurück. Wir richten uns auf, die Hände auf das Bett gestützt, und starren auf den Fernseher.

Die Bettlaken sind so straff gespannt, dass das Bett wie ein Felsen unter uns liegt. Der Schrank, in dem der Fernseher untergebracht ist, ist geschlossen, lässt sich aber leicht öffnen. Als ich mir den Mechanismus des Schlosses genauer anschaue, merke ich, dass man überhaupt keinen Schlüssel hineinstecken kann und dass das messingfarbene Schloss nur zur Verzierung auf das Holzfurnier aufgeklebt ist. Und vielleicht ist das das ganze Geheimnis, in dem sich die eigentliche Kraft unserer Liebe offenbart. An manchen Tagen lieben wir uns nicht, sondern warten nur, dass die alten Gefühle wieder zurückkehren. Vielleicht ist das eine Frage der Dosierung, eine Frage des verantwortlichen Umgangs mit Gefühlen, den man nicht so ohne weiteres steuern kann. Bei Gabriela kann ich mir vorstellen, dass sie sich einen solchen Film anschaut, mit derselben Unvoreingenommenheit, mit der sie auch sonst alles anschaut, was mit Sexualität zu tun hat. Einmal hat sie sogar zusammen mit ihrem Freund eine Erotikmesse besucht und mir erzählt, wie »lustig« und »interessant« sie vor allem die Frauen findet. »Die Frauen?«, frage ich sie. »Du fandst sie lustig?« »Ja«, sagt sie, »sie hatten Spaß miteinander. Alle haben ständig gelacht.« Ihr würde auffallen, dass die Darstellerinnen in dem Film, den ich mit Judith in Primm sehe, auffallend klein sind. Garantiert würde Gabriela sagen: »Warum sind die denn alle so klein?« Oder sie würde sagen: »Die waren alle im Solarium. Alle zusammen.« Gabriela geht selbst ins Solarium, und zwar regelmäßig. Die gleichmäßig gebräunte Haut der Darstellerinnen in dem Porno, den ich mit Judith sehe, lässt diese Frauen für mich als Wüstenfrauen erscheinen, Wüstenbewohnerinnen, die irgendwie in diesen Film hineingeraten sind und bei denen sich die Sonneneinstrahlung gleichmäßig auf ihre kleinen wendigen Körper verteilt hat. Einige von ihnen tragen Ringe und Armreifen oder schwere goldene Ketten, die mehrfach umeinandergewickelt sind. Und auch das würde Gabriela nicht unkommentiert lassen. Sie würde sagen: »Und sonst haben sie nichts an. Lustig was?« Judith sagt dagegen nichts. Sie schaut einfach nur zu. Sie macht nicht eine einzige Bemerkung. Schaut sie den Film an, um mir einen Gefallen zu tun? Ich sage: »Ich weiß gar nicht, ob ich überhaupt Lust darauf habe.« Und dann sage ich: »Ich bin gar nicht in der Stimmung dafür.« Gabriela schaut sich die Frauen auf der Erotikmesse an. Sie findet es erstaunlich, wie gut sie sich in Form halten und wie gepflegt sie sind. Einige von ihnen findet sie auch attraktiv. Sie sagt: »Aber es ist ja eine Messe. Da ist das dann eben so.« »Dass man sie attraktiv findet?«, frage ich. »Nein, dass sie Spaß haben, und die Leute, die sie anschauen, haben auch Spaß. Das ist doch schön.« Und ich kann nicht anders, als zu denken, dass Gabrielas große unerschöpfliche Unschuld mich noch bis an mein Lebensende immerzu rühren und verzaubern wird. »Willst du dir das wirklich anschauen?«, frage ich Judith mit der Fernbedienung in der Hand, unfähig, den Pay-per-View-Kanal wieder zu verlassen. Wir haben noch nicht mal eine Decke. Wir liegen beide nackt auf dem beigefarbenen Riesenbett und sind der Erregung, die uns ergreifen soll, hilflos ausgeliefert.

Es muss Primm gewesen sein. Und zwar unter Mitwirkung von acht Frauen, die eine Büro-Sex-Szene spielen.

Die Frauen sind in einem fiktiven Büro, in dem mehrere Schreibtische stehen und eine Sitzgarnitur sowie eigenartigerweise auch eine Fahrstuhltür, die sich aber während des Ausschnittes, den wir sehen, nicht öffnet, in meiner Erinnerung aber später eine große Rolle spielt. Zwei oder drei Frauen bilden jeweils eine Gruppe, um die sich die Kamera herumbewegt. Es gibt keinen Auftakt, kein Vorspiel, nicht die geringste Einleitung. Die Wüstenbewohnerinnen spielen miteinander, und wir schauen zu. Besonders große Schwierigkeiten habe ich mit ihren rasierten Geschlechtsteilen. Nicht, dass ich so etwas noch nie gesehen hätte, aber ich empfinde es Judith gegenüber als geschmacklos. Im Grunde schaue ich nicht hin, sondern schaue die ganze Zeit zu Judith und schaue zu, wie sie den Film aufnimmt. Ich tue so, als würde mich natürlich der Anblick von Judith sehr viel mehr erregen als der der Frauen im Hotelfernseher, in dem dunkelgebeizten, klobigen Schrank. Sie sind Kraftsportlerinnen. Ihre ausgeschabten Achselhöhlen blitzen im künstlichen Licht auf. Die Wüste hat ihre Körper glatt und geschmeidig gemacht. Ihre Zungen sind behände, reaktionsschnelle Tiere, die aus dem Untergrund kommen. Ihre Schamlippen, zusammengefaltete Hände, die sich in ihren Schoß hineingearbeitet haben. Sie haben ihre Arme verloren. Ihre Finger ziehen ihre Münder auseinander, ihre Hände arbeiten an fremden Körpern. Einmal sehe ich eine Szene, die Judith kommentarlos durchgehen lässt, wie eine Frau einer anderen mit ihrer kleinen fleischigen Zunge so abenteuerlich schnell über die kalten, trockenen Schamlippen leckt, dass man denkt, ihre Zunge sei verrückt geworden, habe sich selbständig gemacht, und es sei ihr nicht mehr möglich, sie noch länger in ihrem Mund, zwischen ihren Lippen festzuhalten. »Tja«, sage ich und lache. Ich traue mich nicht, etwas zu sagen. Ich fürchte, ich könnte die latent erotische Stimmung gefährden, die mir aber gleichzeitig nicht ganz geheuer ist. Plötzlich bin ich hellwach. Erregt mich der Anblick der nackten Frauen, obwohl ich gar nicht hinschaue? Ich kann nicht sagen, dass mich der Anblick von Judith in diesem Moment erregt. Die Wüstenbewohnerinnen stecken sich gegenseitig die Hände, die Finger und die Zungen in den Mund. Im Grunde probieren sie alle Körperöffnungen und alle Extremitäten in ihren verschiedenen Kombinationen miteinander aus. Das ist gehobene Büroarbeit. In einer Szene fährt eine hagere, sonnengebräunte, wasserstoffblonde Wüstenfrau mit ihren zweifach beringten Zehen über die Klitoris einer auf der Couch liegenden anderen Frau, die die Beine mit beiden Händen so auseinanderspreizt, dass sie wie ein großer, ins Leere führender Brückenkopf über einer sich ihrer Scham nähernden dritten langhaarigen Frau schwebt. Das Kunstwerk, zu dem ich den Kommentar »na ja« oder »tja« wage, scheint Judith aber nicht weiter zu interessieren. Sie gibt keine Anzeichen von Anteilnahme oder Erregung von sich, obwohl ich mich zu erinnern glaube, dass sie im Widerschein dieser hellen, grell leuchtenden Bilder die Augen leicht zusammenkneift. Aber wo ist der Übergang? Wo ist der Moment, in dem Judith mich oder ich sie berühre?

»Sie können jetzt mit Worten nichts mehr bewegen«, sage ich einmal zu Lambert. »Aber vielleicht sprechen wir mal über das, was in diesem Augenblick mit Ihnen passiert. Um was es da geht und was sich auf der Gefühlsebene abspielt.« Einer von uns beiden muss irgendwann die Bettdecke hochgezogen haben, sie liegt später nicht mehr auf dem Boden, und auch die Vorhänge sind zugezogen. Aber ich weiß nicht, wer von uns beiden das gewesen sein soll. Judith zieht die Vorhänge nie zu. Sie schläft am liebsten bei offenem Fenster. Lambert erzählt mir immer wieder dieselbe Geschichte in verschiedenen Varianten, wie ein professioneller Lügner, der sich an wenigen wahren Details festklammert und um sie herum sein Lügengebäude errichtet. Eine der Geschichten dreht sich um seinen Vater, wie er auf dem Parkplatz des örtlichen Tennisclubs vor seinem Wagen steht und zwischen den Plastiktüten im Kofferraum nach einer Packung Lübecker Marzipan sucht, die er seiner ehemaligen Landtagsreferentin schenken will. Den Tennisschläger unter dem Arm wartet sie neben dem Wagen, obwohl er doch mit seinem Sohn zum Tennisspielen verabredet ist. Lambert hat das schon mehrmals erzählt. Er erzählt, wie er sich vor Entsetzen und Abscheu abwenden und den Parkplatz verlassen und die Tennisstunde sogar ausfallen lassen muss, da er den Anblick seines Vaters nicht ertragen kann. Es geht immer wieder um die Plastiktüten, die den Niedergang versinnbildlichen und den Kofferraum, in dem sich das ganze Leben seines Vaters jetzt abspielt, seit er nicht mehr auf den Fahrdienst des Landtags zurückgreifen kann. Es ist nicht die Landtagsreferentin, mit der sein Vater eine Affäre gehabt hat, oder das Marzipan, das er ihr zum Geschenk machen will. Es sind die Plastiktüten, das Chaos der halbvollen, leeren und gebrauchten Tüten, die er in den Kofferraum gestopft hat. In den Abwandlungen und Verschiebungen erkennt man, wie Lambert sein Verhältnis zu seinem Vater in den Griff zu bekommen versucht. Sein Vater weiß noch nicht einmal, was sein Sohn überhaupt studiert. Einmal stellt er ihn als Jurastudenten vor, und dann wieder sagt er: »Er wird später mal Arzt, aber dann bin ich ja hoffentlich schon tot.« Lambert empfindet es als Demütigung, dass sein Vater gescheitert ist, will das aber auf keinen Fall zugeben. »Sie sind es doch, der mich anlügt«, schreit er. »Sie sind es doch, der mich betrügt. Sie tun immer so, als wären Sie für mich da. Aber jetzt interessiert es Sie nicht mehr. Es ist Ihnen doch scheißegal.« Es ist alles leere Rhetorik, aber man spürt den Leidensdruck, die Verzweiflung, die dahintersteckt. Ich biete ihm schließlich an, dass er nach draußen in den Innenhof gehen und ein bisschen frische Luft schnappen kann. Es ist ein Kompromiss. Vom Innenhof aus gibt es mehrere Ausgänge, und ich erkläre ihm, wie er am schnellsten durch das Gewirr der Gänge und Treppenhäuser nach draußen kommt. Schauen wir den Film bis zum Ende? Steht Judith nicht irgendwann auf und verlässt das Schlafzimmer? In langsamen tastenden Schritten zum Badezimmer herüber, wo sie die Tür hinter sich schließt? Ich liege im Bett und schaue den Film, den ich genauso wenig ausschalten, wie ich mich von ihm abwenden kann, allein weiter. »Ja, schreien Sie mich ruhig an«, sage ich zu Lambert. »Schreien Sie ruhig. Sie können hier machen, was Sie wollen. Hier ist alles erlaubt … Es ändert nur nichts daran, dass ich in fünf Minuten diesen Raum verlasse und dass die Stunde dann zu Ende ist.«

Eine Weile denke ich noch, die Fahrstuhltür würde sich öffnen und irgendein Mann würde den Frauen zur Hilfe kommen. Aber das passiert nicht. Die Frauen fahren mit ihren Zungen wie mit Lappen über ihre makellosen gebräunten Körper. Die Zungen sind zweifellos die Helden des Films. Ich schaue immer wieder hin, halte aber dann nicht lange durch. Berühren wir uns? Passiert irgendetwas? Obwohl ich in meiner Erinnerung ansonsten vor nichts zurückschrecke, versagt sie mir hier den Dienst.

Wir sind nackt oder fast nackt. Niemals aber können wir so nackt sein wie die Frauen, die in dem Film in ihrer Nacktheit Diktate aufnehmen, den Schriftverkehr organisieren und Zungentelefonate führen. Ihre Gesichter sind konzentriert. Sie sind mit ganzem Ernst bei der Sache. Gelegentlich erscheinen mir ihre Gesichter verzerrt, haben sie den Ausdruck von Sportlern, die schon beim Training alles geben. Man könnte sagen: Sie sind wütend auf ihre Lust. Obwohl diese Lust natürlich nur gespielt ist. Gibt es einen Moment, in dem Judith reagiert? Einen Moment, in dem ich etwas tue? Gibt es einen Moment der Aggression? Ist sie gereizt? Übererregt? Wenn sie wirklich aufsteht und ins Bad geht, ist das ein Zeichen, dass sie nicht einverstanden ist. Aber sie sagt nichts. Sie erträgt alles. Auch wenn ich die Augen schließe, mich in die Situation zurückversetze, das beigefarbene glattgestrichene Laken, das große kastenförmige Bett, die Frauen mit wüstenfarbenen Hauttönen und die rotbraunen, leicht glänzenden Zungenfragmente, ich kann mich beim besten Willen nicht an den Übergang erinnern. Unmöglich, dass wir einen Porno anschauen und nichts tun, uns zumindest nicht darüber verständigen, dass uns »das hier« gründlich die Lust »verdorben« hat. Ich erinnere mich, dass Judith einmal, als ich sie doch frage, ob ich nicht lieber ausmachen soll, sagt, sie finde es »interessant«. Sie sagt »interessant«. Warum sagt sie nicht: Ich kann es nicht ertragen, ich finde es widerlich. Es ist nicht derselbe Tonfall, in dem Gabriela »interessant« sagt. Im Grunde unterscheiden sich Judith und Gabriela in der Art und Weise, wie sie »interessant« sagen so sehr voneinander, als wäre das »interessant« von Judith ein anderes Wort als das »interessant« von Gabriela. An dem Wochenende, als ich die Wohnung im Glockenbachviertel zu renovieren versuche und krank werde, fällt mir ausgerechnet Gabriela ein und nicht Judith. Ich bin nur ein Wochenende da, um die Wohnung zu renovieren und am nächsten Tag einem potenziellen Nachmieter vorzuführen. Außer im Bad, in das ich mich alle zwanzig Minuten schleppe, um mich zu übergeben, gibt es in der ganzen Wohnung, in der ich zehn Jahre gewohnt habe, kein Licht. Als ich mich schon zum vierten oder fünften Mal erbreche, frage ich mich, wie ich diese Wohnung renovieren soll, wenn es überhaupt kein Licht gibt. Und dann denke ich tatsächlich, obwohl es mir so schlecht geht, an Gabriela. Und wie wir Sex zusammen haben. Ich erinnere mich, wie ich mich dazu zwinge, auch an Judith zu denken, es mir aber beim besten Willen nicht gelingt. Ich übergebe mich und denke an Gabriela, in dem eiskalten Badezimmer im Glockenbachviertel, in meiner alten Studentenwohnung, die ich an diesem Wochenende zum letzten Mal betreten und endlich aufgeben will. Ich denke an sie und wie wir zusammen in der Tiefgarage in ihrem Wagen sitzen. »Interessant«, würde sie sagen, oder sie würde sagen: »Schlimm, was du so denkst!«, und dann würde sie lachen und darauf warten, dass ich ihr das nächste Kompliment mache und mir die nächste Schweinerei ausdenke.

Ich lege die Fernbedienung aufs Bett, damit Judith den Film ausschalten kann, wenn sie will. Es ist eine schemenhafte, ungenaue Erinnerung. Ich glaube mich erinnern zu können, dass es Judith ist. Es ist Judith, die damit anfängt und sich mir nähert. Aber dann erinnere ich mich wieder, wie sie im Türrahmen des Badezimmers steht, das Handtuch zu einem Turban zusammengebunden. Sie hat sich die Haare gewaschen. Sie steht, die nassen Haare unter dem Handtuch, auf der Schwelle zum Badezimmer und schaut mich an. Unter der Erde, mehrere Meter unter der Oberfläche von New York, meine startbereite Maschine vor Augen, fällt es mir ein. Wendet sie sich ab? Will sie mit dem, was geschieht, nichts mehr zu tun haben? Der A-Train fährt viel langsamer als der L-Train. Auch kommt es mir so vor, als würde er an den einzelnen Stationen länger halten. Eine bizarr verrenkte Wüstenbewohnerin steht vor der Fahrstuhltür, als könnte sie sich hinter ihr öffnen, aber sie öffnet sich nicht. In Nevada, kurz hinter der Grenze zu Kalifornien, wo das organisierte Glücksspiel verboten ist. »Tja«, sage ich. Die Fahrstuhltür führt direkt zu der Wohnung im Glockenbachviertel. Eine dunkle Wohnung ohne Licht, die ich seitdem nicht mehr betreten und für die ich immer noch keinen Nachmieter gefunden habe. Die Wüstenbewohnerinnen lecken sich die Finger ab, nachdem sie einander untersucht haben. Ich erinnere mich an eine Szene, als sich eine ihren Finger ablecken lässt, nachdem sie ihn im Geschlecht einer Dritten vergraben hat, als würde sie dort nach einer Lösung suchen. Eine Lösung für ein Problem? Aber welches? Was passiert in Primm? Passiert etwas in Primm? Die Frauen in dem Pornofilm haben so viel Sex, dass sie es selbst gar nicht schaffen, ihre Lust abzuarbeiten. Ihre Lust türmt sich vor ihnen auf wie ein Berg Arbeit im Büro. Immerzu lecken sie sich. Sie lecken auch sich selbst, jedenfalls leckt eine Wüstenfrau, die zwei anderen Frauen zuschaut, sich selbst. Sie leckt sich, jedenfalls so weit es anatomisch möglich ist. Der Berg aus Lust türmt sich vor uns auf. Das Hotel geht noch über zehn Stockwerke höher. Mir fällt das Glockenbachviertel ein und unsere Gästewohnung. Zwei Wohnungen, die leer stehen und die aus unterschiedlichen Gründen meine Beziehung mit Judith verändert haben. Die Kamera geht jetzt noch näher ran. Eine Wüstenbewohnerin reißt ihren Mund auf. Als wollte sie schreien. Das Gebäude über uns, schwarz, hochgeschossen in die Nacht, im Bruchteil von Sekunden. Eine aufgeblähte amerikanische Idylle. Ich schaue den Film allein weiter. Irgendwann, als Judith schon schläft, gelingt es mir, die Bettdecke, die sie um sich herumgewickelt hat, von ihrem Körper zu lösen, sodass ich mich auch zudecken kann. Ich höre ihre gleichmäßigen und ruhigen Atemzüge. Meine Erstarrung wird auf einmal so überwältigend, dass ich die Fernbedienung auf den Boden werfe und den Film in dem Gefühl, dass ich damit vielleicht ein Vermögen ausgebe, einfach weiterlaufen lasse. Er läuft die ganze Nacht, ohne dass ich nur ein einziges Mal hinschaue.

5

Für den nächsten Tag ist die Rückfahrt geplant. Wir verlassen das Hotel, fahren mit dem Wagen zu einem in der Nähe gelegenen Supermarkt und kaufen Getränke und Obst. Frühstück gibt es in dem Hotel nicht. Wir kommen auch gar nicht auf die Idee, danach zu fragen. Es ist kein Ort, an dem man sich stärkt. Es ist ein Ort der Verausgabung und Verschwendung. Nur die Frauen in dem Porno sind nicht erschöpft. Sie machen einfach weiter. Sie stellen keine Fragen, zum Beispiel: Ob sie einander berühren können. Die Vorstellung, eine Frau in dem Film würde eine andere Frau, die mit rotglühendem gespreizten Geschlechtsteil vor ihr liegt, fragen, ob sie sie »anfassen« dürfe, erscheint geradezu lachhaft. »Ist dir das recht? Macht es dir etwas aus?« Wir kaufen in dem Supermarkt ein paar Äpfel und zwei Flaschen Gatorade. Es ist das Frühstück, an das Judith und ich uns gewöhnt haben, wenn wir auf Reisen sind. Die Frauen, die Wüstenbewohnerinnen, fragen nicht, sie handeln einfach. Sie berühren sich. Judith und ich haben dagegen verlernt, wie wir aus unserer symbiotischen Verträumtheit zu einem Moment kommen, in dem eine solche Frage vielleicht angebracht oder notwendig wäre, so lächerlich sie auch erscheinen mag. Ich werfe die Fernbedienung auf den Boden. Warum stellt sie sich nicht einfach vor den Fernseher und verbaut mir die Sicht? Sie geht ins Bad und hält den Kopf unter Wasser, um sich in aller Unschuld die Haare zu waschen. Mitten in der Nacht. Ein paar Kilometer weiter biegen wir von der Straße ab. Die Straßen haben wunderschöne, poetische Namen. Ganz in der Nähe gibt es die Morning Star Mine Road. Wir bleiben kurz stehen, essen etwas und genießen den Anblick der Wüste. Wir amüsieren uns über das Hotel, die Geschmacklosigkeit der Einrichtung und wundern uns darüber, dass wir beim Spielen so gut wie kein Geld verloren haben. »Eigentlich schade«, sagt Judith und lächelt mich an. Ihr Gesicht, übergroß, das Lächeln, wie es mir jetzt, man kann es nicht anders sagen, durch den Kopf schießt. Wie lange liegt das zurück? Die Geschichte in der Gästewohnung. Ein Jahr oder zwei Jahre? In Primm ist ihr Lächeln verhalten und vorsichtig. Wir haben die Fenster heruntergekurbelt und nähern uns den Kelso Dünen. Der Wind fährt in einem kurzen schnellen Hin und Her über die Landschaft und glättet sie. Ich sehe ihr Gesicht am Rande des morgendlichen Himmels. Es dehnt sich, steigt auf. Immerzu lächelt sie. Eine halbe Stunde später auf der Morning Star Mine Road, nur wenige Kilometer von Primm entfernt. Es ist eine gestohlene Nacht oder eine verlorene, je nachdem wie man es sieht. Endet unsere Beziehung in geschlossenen Räumen, in

Schlafzimmern, Wohnräumen und Kellern? Draußen im Tageslicht sieht alles so aus, als wäre über Nacht jemand gekommen und hätte alles wieder in Ordnung gebracht, während wir im Hotel denken, wir hätten alles verspielt. »Die haben sich ja die Seele aus dem Leib gefickt«, sagt Judith in dem kleinen Supermarkt am Rand von Primm, wo wir unser Frühstück einkaufen. Sie schaut auf die Flasche mit dem roten Gatorade, die ich in der Hand halte. »Sollen wir nicht mal was anderes ausprobieren?«

Das Licht, die Geräusche, alles ist unverändert. Wir haben nichts gewonnen, aber auch nichts verloren. Es ist noch zu früh, um ein neues Quartier zu suchen. Aber beim Spaziergang in den Kelso Dünen muss ich die ganze Zeit daran denken, dass das Zimmer im Hotel Nipton später vielleicht weg ist. »Findest du es denn nicht schön?«, frage ich, als wir am Ende einer kleinen Nebenstraße das Hotel entdecken, in das ich mich sofort verliebe. Ich würde die Nacht dort gerne verbringen, aber Judith möchte weiterfahren. Nipton liegt direkt neben Primm. Es ist eine Ansammlung von Wohnwagen und Holzhütten, nur ein paar Meter neben der Eisenbahnlinie. Eine Landschaft aus Staub, in der das Hotel das einzige richtige Gebäude ist. Es ist ein Ort, an dem man Buße tut, während man gleichzeitig die Beschränkung und die Ereignislosigkeit genießt. »Doch, es gefällt mir«, sagt sie, während wir schon weitergefahren sind. »Du kannst ja später nochmal anrufen.« Als würde es eine Telefonzelle geben, als stünden die hier überall herum. Es ist wie eine Grundierung, ein Hintergrundrauschen, die eigentümliche, matte Stimmung, in die wir hineingeraten sind. Der Sand der Kelso Dünen rutscht unter unseren Füßen wie heiße Lava nach unten. Unsere Fußstapfen hinterlassen keine Spuren, unsere

Füße sinken ein, die Sandkörner gruppieren sich um, verteilen sich, weichen jedem Widerstand aus. Judith ist erschöpft. Der Anstieg kostet viel Kraft. Immer wieder greift sie nach ihrem Inhalator, saugt etwas von diesem künstlichen, chemischen Odem in sich hinein. »Umarme sie doch«, denke ich noch, als wir den höchsten Punkt erreicht haben, aber ich bin zu erschöpft. Wir laufen über ein langes, flaches Stück zur Straße zurück, wo unser Auto steht. Die blaue Karosserie des Camaro flimmert in der Hitze, und der Wagen scheint, während wir miteinander sprechen, immer kleiner zu werden und sich immer mehr zu entfernen. Es ist offensichtlich, dass Judith den Zeitpunkt genau abgewartet hat. Hinter uns sind die Dünen, und vor uns ist die Straße. Wir sind allein, niemand kann uns zuhören. Es ist typisch für ihre Beharrlichkeit, dass sie selten von einem einmal gefassten Vorsatz abweicht. Bei einem Sturz mit dem Fahrrad hätte sie sich einmal beinahe ihr linkes Bein gebrochen, aber sie fährt schon am nächsten Tag weiter. Ich sehe noch immer die Schwellung an ihrem Unterschenkel, eine tannenzapfengroße Beule, die über Monate nicht mehr zurückgeht und eigentlich nie ganz verschwindet. »Ich dachte, dass wir schon die ganze Zeit darüber sprechen sollten«, sagt sie. Sie bekommt kaum Luft, aber sie weicht von ihrem Vorhaben nicht ab. Ich sage nichts. Die Dünen sind ein ungünstiger Ort. Es ist ein Ort, den sie sich ausgesucht hat, während ich mich lieber im Hotel unterhalten würde. »Aber ich liebe dich genauso wie du mich«, sage ich zu ihr, kurz bevor wir den Wagen erreichen, erschöpft von der Wanderung. »Manchmal denke ich, du wärst wütend auf mich«, sagt sie über die Metalliclackierung des Autodachs hinweg, und ich sage: »Aber wie kommst du denn darauf?« Wir versichern uns gegenseitig, dass alles in Ordnung und unsere Beziehung auf keinen Fall am Ende ist. Wir sprechen über unsere Beziehung, aber das Einzige, was mir von diesem Tag wirklich in Erinnerung bleibt, ist das Hotel-Problem. Ich rede so lange auf sie ein, bis sie nachgibt. Ich schlage vor, wir könnten es immerhin versuchen, schließlich liegt das Nipton auf dem Weg zum Highway. »Du kannst mich besuchen«, sagt sie, als ich frage, wie lange sie eigentlich noch in Washington bleiben will. »Wir können uns regelmäßig sehen. Ich will nur nicht das Gefühl haben, dass du wütend auf mich bist.« Regelmäßig. Im Nachhinein klingt diese Formulierung eigenartig, sie hat eine beinahe schwindelerregende Wirkung auf mich. Ich will unbedingt nach Nipton, unbedingt in das kleine an der Eisenbahnlinie gelegene Hotel. Noch am Abend, als wir uns eigentlich schon dagegen entschieden haben, fange ich wieder damit an. Wir haben noch nichts gegessen, und es ist schon dunkel. Eine halbe Stunde diskutieren wir, dann fahren wir trotzdem hin. Es kommt mir so vor, als würden wir uns noch immer durch die Dunkelheit der Morning Star Mine Road tasten, die in Wirklichkeit längst eine ganz andere Straße ist und Nipton Road heißt. »Wir sind auf der falschen Straße«, sagt Judith, als wir zum dritten Mal anhalten und auf die Karte schauen. Auch sie will jetzt nur noch ankommen. »Wir müssen zurück.« Wir wenden, mitten in der Nacht, mitten in der Wüste. Unsere Scheinwerfer reißen die Dunkelheit auseinander und huschen dann wie auf der Flucht über die grauschwarzen Sträucher und Steine. Es ist nur wenige Momente später, ein paar Kilometer auf dem vermeintlichen Weg zum Hotel, als wir das Tier überfahren. Es ist ein starker, heftiger Stoß. Erst fahre ich weiter, aber dann sehe ich es, in Judiths Gesicht. Oder ich sehe es nicht, ich höre es, in ihrem Atem, in der Weise, wie sie kaum noch

Luft kriegt. Wir müssen zu der Stelle zurück. Wir müssen sehen, was wir angerichtet haben. »Es tut mir leid«, sage ich. Zwei Stunden später, als wir San Diego fast erreicht haben und ich kaum noch die Augen aufhalten kann.

6

Ich stehe eine Handbreit von der offenstehenden Beifahrertür entfernt. Die Innenbeleuchtung des Wagens erhellt den harten, krustigen Asphalt. Ein zusätzliches Licht von einer kleinen Lampe am unteren Türrand fällt auf den staubigen Sandstreifen neben der Straße. Wir schauen uns um. Das Tier müsste eigentlich auf der anderen Seite liegen, aber es könnte auch sein, dass es sich ins Gebüsch geschleppt hat. Nur wenige Schritte von unserem Wagen entfernt tragen die Büsche schwarze Hauben, weichen sie in den Erdboden zurück. Ich überlege, ob man die Scheinwerfer des Wagens so ausrichten kann, dass das Fernlicht uns bei der Suche behilflich ist. Wir haben den Motor ausgeschaltet. Als sei das schon eine Entschuldigung. Judith sitzt auf dem Beifahrersitz, den rechten Fuß auf der Straße, bewegt sich nicht von der Stelle. Ich gehe ein paar Meter. Der Boden neigt sich und fällt dann leicht ab. Er ist so weich, dass ich einsinke, statt hinzufallen. Ich sehe zuerst gar nichts, dann erkenne ich die Umrisse der lose im Boden verankerten Büsche. Einige von ihnen rollen vor mir her, und ich laufe zwischen ihnen hindurch. Die Stille ist sofort, ohne Übergang, von großer Schönheit und Erhabenheit, und ich denke: Das Tier findet sich hier zurecht. Allein in der Flucht, in der Bewegung kehrt es in seinen gesunden und unversehrten Körper wieder zurück. Es gibt nur Sand, Sträucher und einzelne große Steine, denen man leicht ausweichen kann. Die Stille ist überwältigend. Sie ist der Applaus für das, was ich getan habe. Ich bin sicher, dass wir das Tier nicht finden. Trotzdem gehe ich weiter. Es ist die Stille und das Gefühl, immer weitergehen zu können, ohne dass das irgendwelche Auswirkungen hat. Es gibt keine Richtung, keinen Weg, keinen Horizont. Ein paar Meter gehe ich aus dem Impuls heraus, einfach zu Fuß zum Hotel zurückzukehren. Wir wissen nicht einmal, was für ein Tier es gewesen ist. Ein besonders tieffliegender Vogel, ein Hund, der sich verirrt hat? Ich hocke mich hin, in einer Geste der Demut, und halte die Hände über den Boden.

Judith hat das Licht ausgeschaltet. Sie überlässt mir die Suche, und ich fühle mich verpflichtet, das Tier zu finden. Ich suche die gesamte Umgebung ab, kehre zum Wagen zurück und überquere die Straße, um auf der anderen Seite weiterzusuchen. Hier ist der Bewuchs der Büsche dichter, sie sind höher, einige von ihnen reichen mir bis zur Schulter. Hinter einem besonders großen Busch bleibe ich stehen, bücke mich und schaue auf einen weiter entfernt liegenden Gegenstand, von dem ich glaube, er könnte vielleicht das verletzte Tier sein. Regungslos, auf die Seite gefallen, die Beine halb in der Luft, die Vorderbeine abgeknickt oder weggebrochen, liegt es da. Es ist bis hierhin geflohen und dann verendet. Ich zögere. Muss ich noch mehr Schuld auf mich laden? Ich habe das Tier überfahren, in meiner Besessenheit, Nipton zu erreichen und gegen den Willen von Judith noch eine weitere Nacht hier draußen zu verbringen. Noch eine Nacht. Eine dritte oder vierte. Eine, an die ich mich erinnern kann. *Wir brauchen noch eine Nacht, um glücklich zu sein.* Das

Nipton mit seinen rauchfarbenen Rattanstühlen vor den blau eingefassten Fenstern und den eingefärbten Dekorationssteinen im Vorgarten. »Where the past is present«, heißt es auf der Internetseite des Hotels, das so klein und abgelegen ist, dass das Vorhandensein einer Internetseite gar nicht zu ihm passt. Judith hilft mir nicht, ich muss das Tier allein finden. Ich habe es ja auch getötet. Nicht erst in New York, auf dem Weg zum Flughafen, erkenne ich, was für ein hochkomplizierter Schuldmechanismus meine Beziehung zu Judith bestimmt und wie ich ständig Schuldgefühle produziere. Ein Mechanismus, der auf Reisen, wenn Judith und ich ununterbrochen zusammen sind, nicht funktioniert. Das Tier will von uns erlöst werden. Es läuft in unseren Wagen hinein. Ein selbstzerstörerischer Akt. In meinem eigenen Wagen habe ich immer ein Paar Latexhandschuhe dabei. Sie würden es mir leichter machen, den Kadaver bis zum Straßenrand zu ziehen und im Scheinwerferlicht zum Vorschein zu bringen. Aber im Wagen von Judiths Tante sind natürlich keine Handschuhe. »Tut mir leid. Mein Gott, es tut mir so leid«, flüstere ich vor mich hin. »Du armes Tier!« Ich richte mich auf. Vielleicht lebt das Tier noch. Ich muss einen Weg finden, es von seinen Schmerzen zu erlösen. Ich mache einen Schritt vor. Der Boden wird härter und steiniger. »Was ist?«, ruft Judith. Wenn ich das Tier finde, ihr den Kadaver zeige, sie damit konfrontiere, fahren wir vielleicht doch zum Hotel. Ich würde ihn mit bloßen Händen greifen und dann schnell zum Wagen ziehen. Vielleicht könnte ich auch noch ein Seil holen, irgendetwas, an dem ich ihn befestigen kann. Wie Lambert sagt: »Sie behandeln mich so, als wäre ich gar nicht krank, aber dabei bin ich es doch. Sie haben immer alles im Griff, und ich bin hier der Idiot. Ich werde auch in hundert Jahren nicht gesund sein, ich werde hundert Jahre brauchen, aber mein Vater wird immer noch da sein. Ich werde ihn nie loswerden.« Nicht reagieren, ihn nur anschauen, ihm die Chance geben, sein Gesicht zu wahren, ohne dass er in seinen Beleidigungen zu weit geht. Ihn fixieren, nicht mit der Wimper zucken, früher oder später schaut er zur Seite und beruhigt sich wieder. Ich gehe näher heran. Wie kann dieses Wesen beide Vorderbeine verlieren, nur weil es mit einem kleinen Sportwagen zusammenstößt, dann aber auch noch weiterlaufen? Das ist unmöglich. Ich denke, dass Judith auch leidet, dass sie auch Tränen vergießt. »Natürlich liebe ich sie«, sage ich zu Mads Christiansen, als er mich beim Mittagessen in der Nähe des Rockefeller Centers fragt, warum ich Judith in der Öffentlichkeit eigentlich nie berühre. Sie ist müde, das ist schließlich der Grund. Sie hat keine Lust, hier im Dunkeln herumzulaufen und nach einem Tier zu suchen, dem wir »sowieso nicht helfen« können. »Wir können ja doch nichts tun«, sagt sie mit tränenerstickter Stimme, als wir darüber diskutieren, ob wir weiterfahren oder noch länger suchen sollen. Aber es sind Tränen der Erschöpfung. Das Tier ist ihr egal. »Wir sind ja nicht allein auf der Welt. Wir teilen uns doch die Natur«, doziert sie auf der Fahrt, später, als wir noch einmal darauf zu sprechen kommen. »Das Tier ist selber schuld. Du musst aufhören, dir Vorwürfe zu machen. Solche Dinge geschehen, so etwas passiert.« Sie ist zu einer erstaunlichen Gefühlskälte fähig, wenn sie sich in die Enge getrieben fühlt. Warum macht sie das Licht aus, plötzlich mitten in der Wüste? Während ein unschuldiges Tier in seinem Versteck zwischen zwei mannshohen Dornenbüschen verendet, möchte sie keine Energie verschwenden. Sie lehnt sich zurück. Sie hat noch nicht einmal den Gurt abgelegt. »Lass uns Blumfeld hören«, sagt sie, als wir losfahren. Hat ihr der Film in Wirklichkeit gefallen, und ich habe es nur nicht gemerkt? Wir drehen nicht mehr um, wir fahren nicht zum Nipton. »Tausend Tränen tief.« Die Schuld, die ich gesucht habe, finde ich nicht. Ich laufe weiter, laufe zwischen den Büschen hindurch zu der Fundstelle, ich trete ganz nah heran, darauf vorbereitet, einen warmen, lebendigen Körper zu finden, der auf der Schwelle zum Tod einen letzten Blick auf mich wirft. Aber das Tier mit den beiden abgetrennten Vorderläufen, den abgerissenen Gliedmaßen ist ein halb verkohlter Baumstumpf mit zwei in den Himmel ragenden dünnen Ästen. Fünfzig Meter von unserem Wagen entfernt.

Wir fahren zurück. Ich lasse Judith fahren, damit ich selbst besser reden kann. Ich will ihr etwas erklären. Ich erkläre ihr, warum es so wichtig ist, dass wir diese Nacht im Nipton verbringen, dass es aber jetzt ausgestanden und vorbei ist und dass ich mich darauf freue, mit ihr zurück nach San Diego zu fahren. »Ich verbringe lieber einen Tag mit dir in San Diego«, sagt sie, als hätten wir dort nicht schon genug Zeit zusammen verbracht. In Restaurants, in Kinos, am Hafen, am B-Street Pier und vor dem neuen Flachbildschirm im Fernsehzimmer ihrer Tante. »Das ist dieselbe Genauigkeit und Akribie, mit der ich auch meine Sitzungen auswerte und mich auf sie vorbereite«, erkläre ich ihr, »und das ist auch der Grund, warum meine Praxis so gut läuft.« Ich bleibe zehn Minuten neben der Straße sitzen. Ich tue für einen Moment noch so, als würde ich weitersuchen, obwohl ich die Suche schon aufgegeben habe. »Was hast du denn da so lange gemacht?«, fragt sie, als wir weiterfahren. Hat sie mich durchschaut? Sie hat vergessen, das Licht einzuschalten. Weiß sie schon, dass ich am gleichen Abend die Iranerin anrufe? Ihr gefällt der

Porno. Sie sagt es nur nicht, sie will es nicht zugeben. Ich kann noch so viele Nächte absuchen, noch so viele Nächte durchleuchten. Es ist egal, was in Baltimore passiert ist oder in Primm. Der eigentliche Moment, die eigentliche Lösung liegt woanders. Am nächsten Tag bleibe ich zu Hause. Ich habe Fieber. Das Haus ist leer, es herrscht eine angenehme Stille, aber ich kann immer noch nicht aufhören. Ich habe immer noch nicht genug. Ich muss Schuld auf mich laden. »So geht das also … Das ist es also«, sage ich zu mir und schleife meine Gepäckstücke hinter mir her. Die Türen der U-Bahn schließen sich, und ich habe jetzt nur noch die Strecke mit dem Shuttle vor mir. Es sind nur noch 17 Minuten, wenn man es genau nimmt. 17 Minuten, und alles, was jenseits dieser Grenze passiert, jede Minute, die ich noch verliere, bringt mich in eine Situation, in der ich nur noch auf ein Wunder hoffen kann. Wir fahren zurück. Die Wüste hellt sich etwas auf, der Sternenhimmel dehnt sich. Der Asphalt der Straße ist von einem gnädigen Grau, das natürliche Licht der Nacht auf einmal so klar, dass Judith nicht merkt, dass sie das Licht nicht eingeschaltet hat. »Spinnst du«, schnauze ich sie an, kurz bevor wir den Highway erreichen, »hier ohne Licht zu fahren?«

Teil Vier

1

»Sie lesen das hier ja sowieso nicht«, schreibt Lambert in seiner E-Mail, die ich schon im Internet-Café in Williamsburg ausdrucke, aber erst jetzt in der U-Bahn lese. Ich brauche mir wegen ihm keine Sorgen zu machen, aber es könnte sein, dass ich mein Verhalten ändern muss. Ich darf auf keinen Fall noch einmal zulassen, dass er eine Stunde eigenmächtig überzieht. Mit Mads Christiansen streite ich immer wieder darüber, warum ich so einen Klienten nicht aufgebe. Er hat keine Ahnung. Er träumt immer davon, irgendwann auch eine Praxis zu eröffnen, obwohl er in seinem ganzen Leben noch keinen einzigen Menschen therapiert hat. »Er ist ganz kalt, dieser Blick«, schreibt Lambert in seiner E-Mail. Sein Vater hat seine Tätigkeit bei den Grünen jetzt beendet und arbeitet als Geschäftsführer von Transparency International. »Und wie er immer schaut. Es ist kalt und indifferent, so wie ein Gott schauen würde, den man erwischt hat. Denn das ist ja die einzige Chance für einen Gott, wenn man ihn erwischt, wenn man ihn nämlich ausfindig gemacht hat, in seiner göttlichen Unnahbarkeit. Das ist die einzige Chance, um weiterexistieren zu können. Er streitet einfach alles ab, er verleugnet sich selbst. Nein, sagt er dann, das bin ich doch gar nicht.« Ich lese die E-Mail nicht zu Ende, es ist ein weiterer Versuch einer Grenzüberschreitung. Ich habe einmal einen Termin per E-Mail abgesagt, ohne daran zu denken, dass er damit meine Adresse hat und mir jederzeit schreiben kann. Er glaubt, er kann mich in die Enge treiben, als er in der letzten Stunde einfach sitzen bleibt, während ich den Raum verlasse. Später, als er sich für seinen Wutausbruch entschuldigt, sage ich ihm, dass wir so nicht weiterarbeiten können. »Sie versuchen, die Regeln zu brechen, und zwar ständig«, sage ich. »Es sind Regeln, die wir vereinbart haben, und an die müssen wir uns auch halten. Eine andere Möglichkeit gibt es nicht.« Mads Christiansen wirft mir vor, ich sei zu gutmütig und würde mir zu viel gefallen lassen. »Willst du nicht mal was Neo-Analytisches probieren?«, fragt er. Ich zweifele daran, dass er auch nur die geringste Idee von dem hat, was er sagt. Er widerspricht mir, als ich ihm zu erklären versuche, mit der Psychoanalyse sei es ein für alle Mal vorbei. Das Schweigen des Analytikers. »So ein Quatsch, so ein himmelschreiender Unsinn«, sage ich. Es ist am Ende unseres Mittagessens, als der Schaden schon nicht mehr gutzumachen ist. Seine Angriffe gipfeln darin, dass er mir allen Ernstes vorschlägt, eine Auszeit zu nehmen und eine Weile überhaupt niemanden mehr zu therapieren. Er mischt sich überall ein und glaubt, er habe als erfolgreicher Buchautor das Recht dazu und könne so ohne weiteres meine Arbeit und sogar mein Leben bewerten und darüber zu Gericht sitzen. Obwohl wir uns sonst einig sind, dass die systemischen Ansätze besser sind, verteidigt er die klassische Psychoanalyse auf einmal. Ich muss ihm deutlich machen, dass er davon nichts versteht. »Hast du schon mal irgendjemanden therapiert?«, frage ich.

Ist es wirklich ein Schweben? Oder hänge ich in der Luft? Die Geschwindigkeit des Shuttles ist deprimierend. Könnte ich meine Vision wieder aufleben lassen? Warum endet sie, kaum dass wir wieder in San Diego sind. Oder, ein kurzer fast hämischer Gedanke: War es überhaupt eine Vision? Ein Moment, in dem ich zu erkennen glaube, es sei zwischen Judith und mir alles geklärt, und ich bräuchte mir keine Sorgen mehr zu machen, und am Ende würden wir für immer zusammenbleiben. Die Vision, denke ich immer wieder. Die Vision, die du in der Wüste gehabt hast. Und wie ich auf einmal denke: Jetzt gibt es kein Zurück mehr, jetzt wird es immer so weitergehen. Aber dann ist die Vision vorbei. Dann endet sie. Federal Circle. Der Zug stoppt. Jetzt ist die Frage, ob er nach links oder nach rechts fährt. Zu Terminal 1 oder zu Terminal 8. Auf meinem Plan scheint beides möglich zu sein. Aber wenn er erst zu Terminal 1 fährt und den längeren Weg einschlägt, dann ist es vorbei, und ich kann gleich wieder zurückfahren. Oft schaue ich sie an, und ich sehe gar nichts. Ich schließe die Augen und erkenne sie nicht. Sie läuft in ausgebeulten Jogginghosen und verwaschenen T-Shirts durch die Wohnung, baut ihre Bücherstapel auf und wirft ihre Taschentücher auf den Fußboden. *The Warrior's Honor. Ethnic War and the Modern Conscience.* Michael Ignatieff, London 1998. Zwei zusammengeknüllte Taschentücher liegen daneben und ihre Hausschuhe, zwischen denen sich ein weiteres kleines weißes Dokument ihrer Nasen- und Nebenhöhle-Krise wiederfindet. *Die Kinder von Tschernobyl, Macht und Gewalt, Krieger ohne Waffen. Das internationale Komitee vom Roten Kreuz, Die Erfindung des Friedens.* Priester und Fürsten. Völker und Nationen. Idealisten und Ideologen. Manchmal mache ich mir einen Spaß daraus und hebe die Taschentücher auf. Ich folge ihrer Spur. Sie lässt die Taschentücher zurück, nimmt aber die Bücher mit. Mir ist es ein Rätsel, wie sie überhaupt zu Hause arbeiten kann. Über Wochen verlässt sie das Haus nur am Abend, wenn sie sich mit ihren Freundinnen trifft. Wenn ich aus der Praxis komme, wartet sie schon ungeduldig, aber dann hat sie doch keinen Hunger mehr. In den letzten Wochen, in denen sie in München ist, gehen wir dauernd essen. Wir gehen ins Restaurant, als wäre das ein erstes Zeichen unserer Trennung. Kyra besorgt ihr ein Praktikum in Washington, und Kyra besorgt ihr am Ende auch ein neues Promotionsstipendium. Wie ist der Zusammenhang? Die Erfindung des Morse-Alphabets und die Gründung des Internationalen Roten Kreuzes. Die Frage der moralischen Distanz. Judith trägt ihren Bücherstapel ins Wohnzimmer, oder sie sitzt in der Küche. An schönen Tagen ist sie draußen im Garten. Sie putzt sich die Nase, indem sie ein zusammengeknülltes Taschentuch unter ihre Nasenlöcher hält. Man kann nicht sagen, dass sie sich die Nase putzt, sie lässt sie laufen. Später bereue ich es, dass ich diese Hinterlassenschaften, ihre »droppings«, wie ihre Tante sagt, beseitigt habe. Ich finde keine Taschentücher mehr, aber zwei Inhalatoren, die unter das Bett gefallen sind. »Gib uns beiden ein bisschen Zeit«, sagt sie bei unserem Spaziergang in den Kelso Dünen. »Wenn ich es schaffe, ein Stipendium zu kriegen, bleibe ich natürlich länger. Aber du kannst mich ja besuchen. Und ich«, setzt sie hinzu und macht eine kurze Pause, »besuche dich auch.« Als wären wir von der gleichen Krankheit betroffen, als hätte uns das gleiche Schicksal ereilt.

Ich schwebe dem Terminal 4 entgegen, mittlerweile schon wenige Minuten über der Zeit. Der Shuttle heißt »Air Train«, fährt aber so langsam, dass ich mir wünsche, ich könnte ihn verlassen und zu Fuß weitergehen. »Kein Problem«, sage ich mir. »Ich rede mit den Leuten.« Die Leute beim Einchecken, ich spreche mit denen. »Du bist wie ein Schmetterling«, sagt Judith, »wenn du etwas willst. Dann fliegst du um einen herum und flatterst mit den Flügeln.«

Sie trägt Jogginghosen, lässt ihre Nase laufen und verteilt Taschentücher auf dem Fußboden. Warum will sie nicht nach München zurück? Wegen der Geschichte in unserer Gästewohnung? Ich erkläre ihr, wie akribisch ich meine Sitzungen vorbereite und dass es in meiner Arbeit um Präzision, Einfühlung und höchste Aufmerksamkeit geht, aber gleichzeitig auch um Chaos und Kreativität. Aber in Wirklichkeit will ich nicht nach San Diego zurück. Ich sage: »Du musst das verstehen. Ich kann gar nicht anders.« Statt dass ich sage: Ich möchte, dass wir hier bleiben, dass wir die Nacht hier draußen verbringen, hier in dieser unglaublichen Stille und Dunkelheit. Unter freiem Himmel. Nur wir beide. Auf diese Idee komme ich nicht. Als wir von unserer Reise nach San Diego zurückkehren, gehen wir essen. Die Iranerin ist nicht zu Hause. Die Ansage auf ihrem Anrufbeantworter ist ein haltloses und sinnloses Vogelgezwitscher. Ich fische den Zettel mit ihrer Nummer wieder aus der Mülltüte heraus. Es sind nur wenige Nächte, die wir in San Diego verbringen. Wir übernachten in dem Raum, in dem Betty und Aaron normalerweise ihre Wäsche zum Trocknen aufhängen. Als Schlafstätte dient uns eine Zusammenstellung aus Tüchern, Decken und einem alten Schlafsack. Bei unserer Rückkehr ist Besuch da. Betty, Aaron, Aarons Mutter und seine Großtante, die blind ist und trotzdem die ganze Zeit fernsieht. Sie sind alle zu Hause und erwarten uns. Trotzdem rufe ich die Iranerin an, und zwar von Bettys Schlafzimmer aus, während unten die anderen mit dem Essen auf mich warten. Ich muss nicht einmal besonders leise sprechen. »Please leave a message after the beep.« Ein Singsang, der gar nicht mehr aufhört. Ich probiere es dreimal, weil mir die Iranerin bei unseren ersten Kontaktanbahnungsgesprächen gesagt hat, sie sei eigentlich immer zu Hause, aber es könne natürlich sein, dass sie nicht ans Telefon geht, aber dann solle ich es eben mehrmals probieren. Ich habe Fieber, wie sich später herausstellt, 39 Grad. Auf der Rückfahrt sehe ich immer wieder Betty und ihren Freund Aaron vor mir. Ich sehe sie vor dem Fernseher sitzen, noch immer vor demselben Film, den sie auch morgens bei unserer Abreise schon gesehen haben. *Brazil.* Ich sehe sie beide mit ihren kugelförmigen, unbeweglichen Körpern auf den anthrazitfarbenen Sesseln vor dem neuen Flachbildschirm. Sie schauen eine Extended Version, die den ganzen Tag läuft. Aber im Grunde, wie ich in meinem Fieberwahn denke, schauen sie nicht den Film, sondern sie schauen mich an. Sie schauen mir zu, wie ich in ihrem Wagen durch die Wüste fahre und zusammen mit ihrer Nichte langsam sterbe. Wir gehen essen. Ich überrede Judith, die lieber zu Hause bleiben würde. »Ich war doch gar nicht so viel draußen«, erkläre ich. »Es kann gar kein Hitzeschlag sein.« Oder ist das am nächsten Tag gewesen? Ist es an dem Tag gewesen, nachdem ich die Iranerin getroffen habe?

2

Der Air Train erreicht die nächste Station. Einige Leute steigen aus. Mit einem Ruck setzt sich der Zug wieder in Bewegung. Ein Mann in einem grauen Nadelstreifenanzug, der neben mir steht, telefoniert, und es stellt sich heraus, dass auch er nach Deutschland muss. Plötzlich werde ich von einer Welle der Zuversicht erfasst. Plötzlich weiß ich, dass ich den Flug nicht verpassen werde, dass ich ihn gar nicht verpassen kann. »Lassen Sie uns darüber reden«, werde ich zu der Frau am Check-in-Schalter sagen, ich muss mir unbedingt eine Frau suchen, keinen Mann, wenn möglich eine afroamerikanische, auf keinen Fall eine asiatische oder kaukasische. »Das kann doch kein so großes Problem sein, oder?« Meine Gedanken beschleunigen sich, und meine Schuldgefühle nehmen immer mehr zu. Ich bin mit Judith essen gegangen, aber die Iranerin habe ich erst am nächsten Tag getroffen. Wir gehen in das Grillrestaurant im Gaslamp Quarter. Es ist sehr beliebt, und man muss eine Weile warten, bis man einen Platz bekommt, an einem dieser großen stählernen Grilltische, an denen man dann sitzt und dabei zuschaut, wie das Fleisch, das man bestellt hat, langsam vor sich hin schmort. Am nächsten Tag habe ich sie getroffen. Die Iranerin, die nicht Jessica oder Jennifer, sondern Jenny heißt. Wenn ich jetzt in San Diego wäre. Ich würde Jenny sofort anrufen. Es wird zu einer Obsession. Ich muss nachschauen, ob ich ihre Nummer habe, ob ich sie theoretisch anrufen könnte, und vielleicht rufe ich sie ja auch an. Vielleicht ist sie an die Ostküste gezogen. Sie hat mir davon erzählt, dass das ihr Traum wäre. New York. Es ist ein Moment der Lähmung. Ein Augenblick totaler Erstarrung. Eine Maschine steigt hinter dem Flughafengebäude auf, schwerfällig und wuchtig. Ist es meine? Habe ich mich um eine weitere Stunde verschätzt? Ich blättere in meinem Telefonbuch, aber ich weiß nicht mehr, wie Jenny mit Nachnamen heißt. Ich kann mich an ihren Nachnamen nicht mehr erinnern, und ich weiß nicht, wo ich suchen soll. Unter »Iranerin«? Das ist verrückt, denke ich noch. Das ist der reine Wahnsinn.

Eine Stunde warten Judith und ich in dem Restaurant im Gaslamp Quarter. Es liegt südlich vom Broadway zwischen 4th und 6th Avenue und heißt Dancing Queen. Es sind nur ein paar Häuserblocks, aus viktorianischen Holzhäusern und Ziegelbauten bestehend. Wir haben eine Art Beeper in der Hand, einen kleinen Plastikkasten, der einer Fernbedienung ähnelt. Wenn er aufleuchtet, heißt das, dass unser Platz am Grilltisch frei ist. So lange stehen wir im Barbereich und trinken. Dancing Queen. Weil das Fleisch auf dem Grill tanzt? Oder ist damit der Club im Keller gemeint, zu dem wir später dann doch nicht gehen? Judith ist ganz beschwingt. Sie trägt mein Lieblingskleid, ein Kleid mit einem hellblauen kubistischen Muster. »He«, sagt sie. »Das ist doch erst dein zweiter Gin Tonic. Gehen wir tanzen?« »Wie?«, frage ich. »Ich denke, wir warten auf unseren Platz.« »Danach«, flötet sie. »Nach dem Essen.« Sie lehnt sich an mich, sie ist schon stark angetrunken. Ich erwarte, dass sie nach dem Essen vollkommen in sich zusammenbricht, und bin zu meinem eigenen Schrecken beinahe erleichtert. Außerdem kann man in San Diego ohnehin nicht ausgehen. Judiths Tante und ihr Freund schauen *Brazil*. Sie schauen mir dabei zu, wie ich sterbe. Der Fernseher, wie flüssiges, in ein quadratisches Sektglas gegossenes Licht, überträgt meinen Tod, mein Dahinvegetieren. Die Iranerin ist nicht da. Ich probiere es später noch einmal. Das muss Selbstmord sein. Ich rufe sie von einer Telefonzelle aus an, nachdem wir das Grillrestaurant verlassen haben. Judith ist glücklich, kann sich aber kaum auf den Beinen halten. »Hast du Kleingeld?«, frage ich sie.

Wenn alles gut geht, komme ich sofort dran. Dann ist alles nur noch Formsache. Ich bin nur noch eine Station von Terminal 4 entfernt. Ich überlege, wie ich am besten mein Gepäck sortiere, wie ich es am besten tragen kann. Am nächsten Morgen bin ich allein zu Hause. Ich soll mich hinlegen und mich auskurieren. 39 Grad. Judith und ihre Tante sind zu einem Schrotthändler gefahren, um neue Scheinwerfer für den Wagen von Aaron zu besorgen. Aarons Wagen steht mit ausgebauten Scheinwerfern vor dem Haus, als die Iranerin kommt. Beim Mittagessen in New York erzählt mir Mads Christiansen von einem Artikel über die »elektronische Erfassung von Fingerabdrücken«. Und was das heißt und dass er es bei seinem nächsten Besuch genauso machen wird wie Giorgio Agamben, der all seine Termine an der Universität abgesagt hat. Ich habe meinen Fingerabdruck abgegeben, weil ich Judith sehen will. Fliege ich mit Delta oder mit KLM? Habe ich nicht auf dem Hinflug in Chicago die Fluggesellschaft gewechselt? Ich komme nach New York, um ein einziges Wochenende mit Judith zu verbringen und so zu tun, als wollte ich eigentlich Mads Christiansen sehen, wie er seinen großen Kongress-Auftritt hat. »Hast du schon mal jemanden therapiert?« Ich habe den Eindruck, er hat den Artikel von Agamben über »biopolitische Tätowierung« auswendig gelernt. »Wir haben immer Angst, dass wir uns selbst nicht erkennen können«, sagt er, »aber wir sind schon sichtbar genug. Mehr als genug.« Ich esse mit ihm in einem Steakrestaurant. Mit Judith bin ich in einem Grillrestaurant. Aber wir essen kein Fleisch, sondern Shrimps. Die Nummer der Iranerin, die Nummer von Jenny ist besetzt. Sex? Um halb fünf? Ich lege meinen Finger auf das schwarz umrandete Gummifeld, das in meiner Erinnerung weich und nachgiebig ist. Die Kamera befindet sich in einem Knopfauge am Ende einer mikrofonartigen, gebogenen Stange. Die ganze Prozedur ist gar nicht so kalt und klinisch, wie ich befürchtet habe. »Wir müssen die Menschen verstehen, die wir lieben«, sagt Judith zu

Betty, am nächsten Morgen, als wir zusammen frühstücken. Warum will ich die Iranerin anrufen? Warum will ich mich auf einmal mit ihr treffen? Jetzt in New York, fünfundfünfzig Minuten, bevor mein Flug geht. Ich lege meinen Finger auf das Prüffeld. Ich folge den Anweisungen des Beamten und justiere die Position. Mein Fleisch und Blut wird gescannt und fotografiert. Ich lasse mich tätowieren, so wie Mads Christiansen es ausdrückt, in dem unterirdischen Steakrestaurant, in dem es so kalt ist, dass es mich fröstelt. »Ich glaube, du kannst gar nicht lieben«, sagt er auf einmal, während er in seiner Salatbeilage herumstochert. *Du kannst nicht lieben.* Ich schaue kurz auf die Kamera, die meinen Finger fotografiert. Im ersten Moment frage ich mich noch, was er damit meint und ob es vielleicht ein Witz sein soll. Aaron ist in Los Angeles bei Dreharbeiten. Und Judith und Betty fahren zum Schrotthändler, um die Scheinwerfer zu besorgen. Wie ein Kind, das nichts mit sich anzufangen weiß, gehe ich zum Müllcontainer vors Haus und suche nach dem Zettel mit der Nummer der Iranerin, die ich, um meinen Schwur einzuhalten, noch am Abend zuvor weggeworfen habe.

»Wie bitte … in meinen Mund?« Sie grinst. Die Silberkugeln auf ihrer Zunge und ihrem Gaumen blitzen. Ihre Zähne, von Speichel überzogen, gleiten unter ihren rosigen Kinderlippen hervor. Sie hält das Kondom mit ihren künstlich verlängerten Fingernägeln zwischen ihren Beinen. Sie dreht sich um. Ich schaue aus dem Fenster und starre auf die beiden ausgehöhlten Scheinwerfer-Halterungen im Wagen von Aaron, den er in der gegenüberliegenden Einfahrt der Nachbarn geparkt hat. Jemand auf dem Parkplatz vor Sears hat Aarons Wagen beim Zurücksetzen so beschädigt, dass beide Scheinwerfer kaputt sind. Ich versuche Aaron davon zu überzeugen, dass man das selbst machen kann. Es dauert nur eine halbe Stunde, dann haben wir die Scheinwerfer ausgebaut. Aaron ist nicht so geschickt, wie ich gedacht habe. Ich kann mir nicht vorstellen, wie er mit der Handkamera jemandem folgt. Jemandem, der auf der Flucht ist, jemandem, der sich mit zwei schweren Reisetaschen einem Flughafengebäude nähert. Terminal 4. Jetzt kann ich es sehen. Wie weit bin ich vom Check-in-Schalter entfernt? Ich habe zwei schwere Reisetaschen und eine Umhängetasche. Wie soll man sich mit solchen Gewichten an den Armen bewegen? »In meinen Mund?«, fragt die Iranerin. Die Nummer ist verschwunden, sie existiert nicht mehr. In meinem Telefonbuch stehen unter J wie Judith nur die Nummern von Betty, Aaron und Judiths Freundinnen, mit denen ich keinen Kontakt mehr habe, und ihre neue Nummer in Washington. Das hat mit meinem Gelübde zu tun, das ich erneuert habe. Ich habe die anderen Nummern vernichtet. Es hat eine reinigende Wirkung, etwas zu vernichten. Insbesondere Telefonnummern und E-Mail-Adressen von Menschen, mit denen man eigentlich gar nichts zu tun hat. Ist deswegen unser Wochenende in New York so kläglich verlaufen, weil ich mich zwei Tage zuvor mit Anne getroffen habe? Weil ich schon wieder mein Gelübde gebrochen habe? Habe ich an diesem Wochenende, auch in emotionaler Hinsicht, keine Kraft mehr? Und tatsächlich hat Anne in meiner Erinnerung, mit ihren kleinen wie aufgemalt wirkenden Brüsten und ihren schmalen Lippen, etwas Vampirhaftes an sich. Die beiden Scheinwerfer sehen wie Augenhöhlen aus. Leergeschabte ausgebrannte Höhlen. Judith und Betty brauchen den ganzen Vormittag, aber dann kommen sie mit zwei neuen Scheinwerfern von einem weit außerhalb von San Diego gelegenen

Schrottplatz wieder zurück. Ich starre in diese schwarzgrauen Leerstellen hinein, in diese metallenen Öffnungen. Ich habe sie selbst da herausgerissen, ich habe die Lampen selbst entfernt. Sie hätten den Fahrzeugbrief mitnehmen sollen oder die Modellbezeichnung aufschreiben können, dann hätte ich mit dem Wagen von Betty zur Iranerin fahren können und dann wäre ich nicht in diese Situation geraten. Dann stünde ich nicht im Haus der Tante meiner Freundin vor einer Frau, die ich dafür bezahle, dass sie vor mir kniet und zu mir sagt: »Was ist los? Warum schaust du die ganze Zeit aus dem Fenster? Oder hast du keine Lust mehr?«

3

Das Treffen mit Jenny ist von langer Hand vorbereitet. Ich habe schon ein paar Mal mit ihr telefoniert. »Wenn ich kommen soll, dann kostet es 300. Und ohne Voranmeldung 350«, sagt sie am Telefon. »Ich habe keinen Wagen«, sage ich, »ich überlege, ob ich mit dem Taxi fahren soll.« »Fahr nicht mit dem Taxi«, sagt sie. »Ich will das nicht. Du findest mich sowieso nicht.« Unser erster Kontakt liegt fast ein Jahr zurück. Sie will, dass ich mich schon ins Bett lege, wenn sie kommt, aber darauf gehe ich natürlich nicht ein. Es ist der Versuch, die Zeit, die wir zusammen verbringen, auf ein Minimum zu beschränken. »Ich möchte, dass du ganz normal angezogen bist«, erkläre ich ihr. »Meinetwegen wie eine Studentin, verstehst du? Was für einen Wagen fährst du?« Sie parkt ihren Wagen wie vereinbart nicht vor dem Haus, sondern einen Block weiter. Ich bin überrascht, sie ist schöner und charmanter, als ich gedacht habe. Sie arbeitet als Personalmanagerin, sagt sie. Obwohl sie vorher um jede Minute gefeilscht und mir abwechselnd vorgeschlagen hat, ich solle die Tür auflassen oder mich wenigstens schon mal ausziehen, lässt sie sich jetzt ohne weiteres durchs Haus führen. Als wäre ich ein Immobilienmakler und sie eine vermögende Kundin. Sie selbst findet diese Umkehrung unserer Rollen amüsant. Ich habe bestimmte Vorstellungen und Erwartungen an unser Treffen, aber sie kommt dann über eine Stunde zu spät, und auf einmal erweist sich meine ursprüngliche Choreographie, die in dem am weitesten vom Eingang entfernten Dachzimmer beginnt, als zu gefährlich. Es gibt keinen Plan B. Wie ließe sich die Anwesenheit einer tätowierten und gepiercten Iranerin schon erklären? »Verlang nicht von mir, dass ich schauspiele. Das kann ich nicht.« »Das würde ich auch gar nicht wollen«, sage ich. Wir gehen im ersten Stock von Zimmer zu Zimmer. Für einen Augenblick überlege ich, ob das Badezimmer nicht der sicherste Ort ist. Das Badezimmer von Betty und Aaron. Auf dem hellen Velourteppich der Dachetage heben sich ihre dunklen, bronzefarbenen Füße ab. Sie hat ihre Schuhe auf der Veranda stehen gelassen. Und ich mache mir in Gedanken eine Notiz: Schuhe auf der Veranda nicht vergessen! Sie hat auffallend schöne Füße. An jedem der mittleren Zehen sind silberne Zehenringe. Ich schaue auf den grünen Velourteppich und denke, sie geht auf Händen. Einmal bleibe ich vor ihr stehen und denke: Ich könnte mich dafür bestrafen, dass ich sie hergeholt habe, indem ich sie frage, ob ich ihr die Füße küssen darf. Aber dann habe ich dazu auf einmal keine Lust mehr.

Das ist der Augenblick, den man erkennen muss. Die letzte Chance, ein Moment, in dem man gegen alle inneren

Widerstände und vor allem gegen jede Vernunft beherzt und entschlossen handeln muss. Ich gehe mit ihr durchs Haus. Es ist von außen vollständig weiß lackiert. Unter der modernen Holzverkleidung soll sich angeblich eine Arts-and-Crafts-Fassade befinden, wie Aaron behauptet. »Nein, nicht im Bad«, sagt sie. Wir gehen nach unten, stehen eine Weile auf der rückwärtigen Terrasse und blicken in den Garten. Gibt es eine Verabredung zwischen Judith und mir, dass so etwas nicht passiert? Haben wir jemals darüber gesprochen? »Meine Sünden … Aber davon will ich gar nicht erst anfangen«, hätte ich sagen können. Mein Gelübde, meinen Schwur, den ich gebrochen habe. Im Fulton Park, zwischen den Brücken, die nach Manhattan führen, auf einer Parkbank, stehe ich kurz davor, ihr von alledem zu erzählen. Ob ich mir einen letzten Trumpf aufbewahren will? Die Räume im Haus sind überall mit Teppichen, Kissen und Sitzgelegenheiten ausstaffiert. Unsere Schritte sind gedämpft. Das ganze Haus erscheint mir im Nachhinein wie ein therapeutisches Zentrum, in dem normalerweise Tagungen und Fortbildungen stattfinden, in einem kleinen Kreis für Interessierte. Meine Anwesenheit dort, die zwei Nächte, die Judith und ich vor und nach unserer Reise auf dem Schlafsacklager verbringen, sind ein sanfter unmelodischer Missklang. Das Haus organisiert sich in meiner Erinnerung um einen kleinen, relativ düsteren Raum herum, in dem Betty und ihr Freund vor dem riesigen Fernseher sitzen und ihre DVD-Sammlung durcharbeiten, die sie hüten wie eine unüberschaubare Kinderschar, von der sie alle Kinder gleichermaßen lieben. »›Brazil‹ haben wir elf Mal gesehen, oder?«, fragt Aaron Betty, als ich wissen will, warum sie sich den Film schon am frühen Morgen anschauen. »Das macht einfach Spaß, das beruhigt, wenn so was im Hintergrund läuft«, sagt Betty mit ihrer leicht apathischen Stimme, zu der es passt, dass sie sich in ihrer Wohnung kaum noch bewegt. Die Erziehungsberatungsstelle, in der sie arbeitet, liegt irgendwo am Stadtrand, ein neues Programm nach Carolyn Webster-Stratton wird gerade implementiert, und mal ist Betty den ganzen Tag zu Hause, und mal kommt sie schon am frühen Nachmittag zurück. Sie hat die Fähigkeit, ihre kleinen Schwächen mit einer gewissen Würde einfach zuzulassen, sodass selbst ein großes Fastfood-Gelage bei ihr zu Hause bei niemandem ein schlechtes Gewissen auslöst. Ihre Gelassenheit ist zweifellos eine Form der Weisheit, und mittlerweile kann ich es verstehen, dass Judith sie ihren eigenen Eltern vorzieht. Die Iranerin findet den Raum mit dem Flachbildschirm klaustrophobisch. Es erregt mich auf einmal, dass sie diesen Ausdruck benutzt. Es erscheint mir untypisch für eine Personalmanagerin, aber ich will nicht weiter nachfragen, weil ich vor unserer sexuellen Begegnung nicht zu viel über sie wissen will. Meine ursprüngliche Idee, sie in diesem Raum beim Sex zu filmen und das Filmmaterial dann mit ihr, während wir weiterhin Sex haben, gemeinsam anzuschauen, erweist sich als zu kompliziert. »Komm, wir ziehen uns einfach aus«, sagt sie. Ich schüttele den Kopf und schaue auf den Fernseher. Frühmorgens um halb sieben. Obstsalat und *Brazil*. Steckt ein Geheimnis dahinter? Gibt es einen Übergang? Eine Stelle im Haus, die nach München führt? Eine Schleuse? Vom Fernseher in Primm und der verschlossenen Fahrstuhltür zu dem velourteppichbedeckten Holzfußboden in San Diego weiter bis zur Treppe aus Marmor in München, die zu der mit einem Metallgitter geschützten Glastür unserer Gästewohnung führt?

In plötzlicher Panik schießen mir mehrere Alternativpläne durch den Kopf: Wir fahren in ihrem Auto irgendwohin. Wir verlassen das Haus und laufen irgendwohin. Schließlich kommen wir in das Zimmer, in dem ich mit Judith schlafe. Es gibt kein Bett, keinen Stuhl, nur ein winziges Waschbecken und einen kleinen fleckigen Spiegel. Es ist undenkbar, dass das hier geht. »Im Stehen«, sagt die Iranerin und schaut mich verführerisch an. Sie hofft auf eine schnelle Lösung, etwas, das wir im Vorübergehen erledigen können. »Ich möchte, dass du dich ausziehst, aber lass den Schmuck an«, erkläre ich. Sie ist schon mehr oder weniger nackt, als wir das Zimmer erreichen. Das, was ich im Zimmer sehe, was mich dort erwartet, ist der eigentliche Schock, das eigentliche Motiv, der eigentliche Erinnerungsbrandfleck. Ich könnte hundertmal in der Wüste kauern und vor den Augen von Betty und ihrem Freund verbrennen, dieses Erlebnis lässt sich damit nicht aus der Welt schaffen. Der Körper der Iranerin ist sehr schön. Sie läuft durch das ganze Haus. Ich würde sie am liebsten immer so herumlaufen lassen und zuschauen, wie sie sich bewegt. »Das ist der Unterschied«, sagt Mads Christiansen bei einer seiner wissenschaftlichen Monologe, mit deren Hilfe er seine neuen Ideen an mir ausprobiert. Als er an seinem Buch über Evolutionsmanagement schreibt, erzählt er mir ständig von faszinierenden Phänomenen aus der Tierwelt, von der Intelligenz von Fischschwärmen zum Beispiel, bei der die kognitiven Fähigkeiten in die Gesamtheit des Systems schon integriert sind, sodass der ganze Schwarm sich wie ein Individuum verhält. In seinem neuen Buch, dessen Thema er mir aber nicht verrät, muss es um Sexualität gehen. Er sagt: »Zwischen Askese und Promiskuität gibt es keinen Unterschied, jedenfalls keinen qualitativen. Bei beiden geht es um dasselbe: Wiederholung, Apathie, Leidenschaft. So gesehen macht es keinen Unterschied, ob man Asket oder Orgiastiker ist.« »Wenn du dich hier hinknien könntest«, sage ich zu der Iranerin. Wir stehen im Wohnzimmer vor dem Fenster.

Der Shuttle hält vor Terminal 4. Ich muss aussteigen. Schaffe ich es noch? Ich muss mich zusammenreißen. Jede Sekunde zählt. Ich spüre die Trageriemen der Taschen, die in meine Handinnenflächen und in meine Schultern schneiden. Das kleine Zimmer, in dem die Wäsche zum Trocknen aufgehängt wird und in dem Judith und ich die Nacht verbringen. Ich sehe diesen Raum jetzt vor mir. Ich habe die Tür nur einen Spaltbreit geöffnet. »Es gibt noch nicht mal ein Bett in diesem Zimmer«, sage ich zu der Iranerin, die mir über die Schulter schaut. Ich stehe vor dem sorgsam ausgebreiteten Schlafsack, dessen Reißverschlussnaht aufgetrennt ist und den Judith und ich uns als Schlafunterlage teilen. Und dann sehe ich es: Ein aus Geldstücken gebildetes Herz. Ein Kunstwerk. Ein riesiges Herz aus Geld, aus unzähligen kleinen Münzen. Unser gesamtes Kleingeld, das sich während der Reise angesammelt hat und sich jetzt mit den deutschen Münzen vermischt. Judith hat am Morgen, bevor sie das Haus verlassen und das Zimmer aufgeräumt hat, dieses Kunstwerk, eine Liebeserklärung aus Münzen, für mich geschaffen, in ihrer gewohnt akribischen Art, mit der sie auch ihre Listen führt und die Umzugskartons beschriftet. Das Herz liegt auf dem Schlafsack, es ist fast einen Meter groß. Das nachmittägliche Sonnenlicht fällt auf die linke geschwungene metallene Hälfte und lässt die Münzen im Licht erstrahlen. Ich schrecke zurück.

Mit einem einzigen Ruck, indem ich ihn am unteren Ende packe, ziehe ich den Schlafsack vom Bett und schließe sofort die Tür. »Nein«, sage ich zu der Iranerin, als wir wieder im Wohnzimmer sind. »Mit dem Rücken zum Fenster, ich muss die Straße sehen.« Sie geht mit einer feierlichen Abwärtsbewegung in die Knie und kommt mit halb geöffnetem Mund auf mich zu. Ich starre aus dem Fenster. »Warte«, sage ich. Ich überlege, ob ich die Tür abschließen soll, aber es gibt keinen Schlüssel. »Bleib so«, sage ich, »beweg dich nicht von der Stelle.« »So?« Sie legt ihre Hände auf ihre gebräunten haarlosen Schenkel und schaut mich an. Es ist ein Blick, der mich 350 Dollar kostet, ein 350-Dollar-Blick. Wie viel kostet das Lächeln von Judith? Das Lächeln in der Gästewohnung an dem Morgen, nachdem Mads Christiansen abgereist ist. Als ich aus irgendwelchen Gründen erst später in die Praxis gehe. Sie nähert sich mir. Ihr Lächeln ist eine Waffe, mit der sie sich selbst verletzt. Ich halte das Bettlaken, auf dem Mads Christiansen geschlafen hat, in der Hand, und Judith kommt auf mich zu. Ich stehe vor ihr, starre wie gelähmt auf ihren Mund und ihr Lächeln, mit dem sie sich tief in ihr eigenes Gesicht hineinschneidet. Warum, um Gottes willen will sie ausgerechnet an diesem Morgen Sex? In dem Moment, als ich das Bett abziehe und noch nicht mal die Fenster geöffnet habe. Es ist ein regnerischer Tag und dunkel in der Gästewohnung. Sie schmiegt sich an mich. Bittet sie mich um Hilfe? »Kannst du die Fenster aufmachen?«, sage ich noch, während ich mit einem leichten Räuspern den Raum verlasse. Ich gehe einfach, ich lasse sie einfach stehen. »Es ist so stickig hier unten«, sage ich. Sie trägt einen alten verwaschenen Schlafanzug und hat noch nicht einmal Strümpfe an. Ich höre später ihre Schritte, als ich die Wohnung verlasse, um zur Praxis zu fahren. Die Schritte ihrer nackten Füße auf dem kalten Marmor der Treppe, während ich noch überlege, ob ich nicht schnell die Tür zuziehen soll. Ihre Schritte sind das Angebot, ihre vorsichtige Bitte, ob wir an diesem Morgen nicht vielleicht miteinander schlafen könnten. Aber ich verlasse den Raum. Ich gehe einfach zurück in unsere Wohnung. »Einen Moment«, sagt der Mann in dem Nadelstreifenanzug, der im Zug neben mir steht, während er sein Telefon ans Ohr hält. Wir stoßen kurz zusammen, als ich mich umdrehe, um meine Taschen hochzuheben.

Terminal 4 des John-F.-Kennedy-Flughafens liegt direkt neben Terminal 5. Das berühmte Terminal 5, das stillgelegt ist und renoviert wird. Das Licht bricht aus meiner Erinnerung hervor, das Licht, das die Iranerin in ihren Augen trägt, aber in ihrem Körper verbirgt. Mit ihren Händen darf sie überhaupt nichts mehr machen. Ihre Hände ruhen. Diese schmalen zuvorkommenden Hände, denke ich, die sie hinter dem Rücken hält. Das Licht in ihren Augen ist nicht das Licht ihres haarlosen Körpers, an dem sie die Prozeduren der Glättung und des Verschwindens perfektioniert hat. Ohne jede Anstrengung, ohne Kampf ist sie von innen her erleuchtet. Im Grunde ist sie, die in physischer Hinsicht Gabriela ähnelt, eine Schwester von Gabriela. Ihre Körper sind zusammengebundene Blüten. Blumen ihres Fleisches, zusammengehalten von ihren Füßen und Händen, mit denen sie alles Mögliche nicht tun. Ich berühre sie nicht, ich selbst tue nichts. Ich schreibe später am Abend, nachdem ich mit Judith das Restaurant verlassen und unsere Versöhnung gefeiert habe, in mein Notizbuch, als spräche ich ein Geständnis aus: *Das ganze Universum vibrierte.* Und wenn ich ihren

Körper, ihre Arme und ihre Schenkel, wenn ich alles, eins nach dem anderen, zu betrachten versuche, finde ich doch immer nur wieder ein Detail, eine Stelle, die ich vorher noch nicht gesehen habe. So wie ich bei Gabriela einmal die Hautpartie links von ihrer Nase, einen Fingerbreit von ihrer Oberlippe entfernt, auf so berauschende Weise schön finde, dass sich an dieser Stelle, an diesem kleinen Fleckchen Haut augenblicklich der Wunsch entzündet, noch im selben Moment mit ihr ein Kind zu zeugen. In diesem Niemandsland zwischen Nase, Lippen und Augen. Wir vergessen Jennys Kleider. Sie liegen auf der nach oben führenden Wendeltreppe, die zu den persönlichen Räumen von Betty und Aaron führt. Die Strumpfhose liegt auf dem Geländer, und die anderen Sachen liegen zusammengefaltet daneben. Jedes Mal, wenn ich eine besonders schöne Stelle ihres Körpers sehe und zu erfassen versuche, erhebt sie sich, weitet sie sich aus und ist nur noch ein Teil, eine Schönheit nur für sich. Ihr Körper löst sich in Teil- und Sonderschönheiten auf, die mir die eigentliche verhüllt, während ich sie umso mehr spüre, erahne und sie mich fast ganz ins Licht hineintaumeln lässt. Ich schreibe in mein Notizbuch: *Die Linien ihres Körpers sind die Wege zu der Schönheit von Gabriela und der Liebe zu Judith*. Solche Notizen fertige ich an diesem Abend in San Diego an, während Judith schon schläft. Ich sitze auf einem Sessel im Wohnzimmer nicht unweit der Stelle, wo die Iranerin gekniet hat. »Denk daran, Schatz. Wir haben eine halbe Stunde ausgemacht«, sagt sie.

4

Sie hebt den Kopf. Schönheit fällt von ihren Augen auf ihr Haar, das ihre Wangen umspielt. Sie hält ihre Brüste fest, die, wie sie sagt, »neu« sind. Ich bin fast einen Meter von ihrem Gesicht entfernt. Das Funkeln, das Strahlen ihrer Schönheit ist so vollkommen, so ergreifend und allumfassend, dass ich davon erfasst und von dieser einzigen Geste des Erblühens und Erstrahlens mitgerissen werde. Jedenfalls später, als wir den Ort wechseln und doch wieder nach oben gehen. *Es war, als ob eine milchige Klarheit das Universum von innen erleuchtete. Alles schien aus ein und derselben Art durchscheinenden Fleisches geformt zu sein.* Trotzdem fällt in diesem Moment alles von ihr ab, und es ist nicht mehr die Hand, die ihre Brust hält, es ist etwas anderes. Viertausend Dollar, die sie zusammengespart hat. »Du darfst nicht reinbeißen«, sagt sie in einem Ton, in dem sich Stolz, Angst und Fürsorge mischen. Sie sagt tatsächlich: »Sie sind noch neu.« Dabei ist die eine von ihnen empfindlicher als die andere, muss schonender behandelt werden, da sie, wie sie sagt, in ihr noch gar nichts spürt, sie noch fast taub ist. Später, als wir in Bettys Schlafzimmer sind und ich das Risiko erhöhe und sich das Tor zum Untergang weit öffnet, ihre dunklen, rasierten Schamlippen darauf warten, dass das Unglück vorbeikommt, wird sie auf einmal ganz sanft. »Vorsichtig«, flüstert sie, als wir in Bettys Schlafzimmer sind. Als hätte sie die Brüste für mich gemacht. »Die schönste Frau von San Diego.« Es fällt mir leicht, sie mit Komplimenten zu überhäufen, so wie ich damals Gabriela überhäuft habe, sodass Gabriela unter diesen auf sie einstürmenden Beschwörungen fast taumelt. Im Spiegel über Bettys Kommode sieht sie sich selbst dabei zu, die Hände auf die

Brüste gepresst. Sie muss sie festhalten, weil sie tatsächlich fürchtet, das Bewegen der Brüste würde ihr Schmerzen verursachen. »Wie willst du das in einer halben Stunde schaffen?«, fragt sie. Gabriela sagt für gewöhnlich: »Du musst aufhören. Hör auf«, während sie im Grunde meint: »Mach weiter.« Vor dem Spiegel kniend, die Hand vor den Brüsten, wartet sie darauf, dass die Zeit abläuft. Der Verkehr auf der Straße ist minimal. Eine Weile fährt überhaupt kein Wagen vorbei. Sollten Judith und Betty jetzt zurückkommen, würde sich alle zurückgehaltene Lust gegen sie wenden, gegen Judith gleichermaßen wie gegen ihre Tante. Ich erinnere mich, wie ich einmal in München, an Judiths Geburtstag, den wir ganz alleine zu Hause feiern wollen, noch am frühen Abend nach Giesing in die Untere Weidenstraße fahre, um eine Stunde vor dem Haus Nummer 14 darauf zu warten, dass einer der Stammkunden das Haus verlässt, um mein inneres Gleichgewicht wiederzufinden. Es reichen zehn Minuten und 90 Euro. Es ist ein Kinderspiel, und auch Judith muss denken, ich sei wie durch ein Wunder von einer Trauer und Leere geheilt, die mich den ganzen Vormittag erfasst hat. Es ist die geheimnisvolle Kraft einer Maschinerie, die dafür verantwortlich ist und die meine Schuldgefühle in wahre Gefühle verwandelt, sodass ich schließlich zu Judith zurückkehren kann.

Fliege ich wirklich mit Delta? Oder ist es nicht doch KLM? Vielleicht bin ich auf dem Hinflug mit Delta geflogen und fliege auf dem Rückflug mit KLM. Vor mir bleibt eine Gruppe Reisender stehen und versperrt mir mit ihren Rollkoffern den Weg. Erkenne ich es jetzt? Verstehe ich jetzt, was passiert ist? Ich schaue auf mein Ticket. Goddess@sugargirls.com. Die E-Mail-Adresse der Iranerin.

Ihren Nachnamen will sie mir nicht verraten. Goddess. Ich schreibe ihr ein paar Tage später, in einem Anfall von Sentimentalität und aus Dankbarkeit für die Nacht, an der sie dann gar nicht mehr beteiligt ist, die Judith und ich auf unserem Schlafsacklager zusammen verbringen. Wir schlafen miteinander, vorsichtig und unsicher, vielleicht weil wir beide betrunken sind. Ich bleibe stehen, ich schaue auf mein Ticket: KLM. Ich fliege mit KLM. In diesen Momenten erkenne ich endlich die Bedeutung meiner Liebe zu Judith. Die ganze Reise über scheint sie kaum noch greifbar zu sein. Die Iranerin nimmt ihren Kleiderstapel und geht nach oben. Der Ortswechsel ist unumgänglich, und ich bin mir im Nachhinein selbst dankbar für meine Kaltblütigkeit. »Ich muss sie festhalten«, sagt sie, »sonst tun sie weh. Beeilst du dich?« Es dauert länger, als ich gedacht habe. Die Angst vor der Entdeckung verbindet sich mit ihrer Ungeduld und meiner Sorge, sie würde unsere Situation noch zusätzlich verkomplizieren, indem sie den Preis plötzlich erhöht. Sie rückt etwas vor, verschiebt den muffig riechenden Schlafsack, den ich von unten mitgenommen und in aller Eile über das Bett von Betty ausgebreitet habe. Die Münzen, die 5, 10, 20 und 50 Cent-Münzen, die Dimes und Quarters des gebrochenen Herzens verteilen sich im ganzen Haus. Die Iranerin quietscht vor Lachen. »Soll ich mir das irgendwo hinstecken?«, fragt sie. Ich schüttele den Kopf, als sie sich nach einem 20-Cent-Stück bückt, auf dessen Rückseite das Brandenburger Tor abgebildet ist. »Was ist denn das? Ein Tempel? Die Akropolis?« Ich geleite sie nach oben. Schon unterwegs lege ich mir eine Geschichte zurecht, wie ich versucht habe, das Herz aus unserem Schlafzimmer in das hellere Wohnzimmer zu tragen, um es dort zu fotografieren. »Aber du hast doch gar keine Kamera«, sagt Judith später, die furchtbar gerührt ist von diesem Versuch, ihre kleine Liebeserklärung zu dokumentieren. Es ist schließlich Aaron, der überall im Haus Geldmünzen findet. »Oben«, sagt er, am Tag unserer Abreise, aber da ist Judith zum Glück nicht mit im Raum, »habe ich auch eine gefunden. In Bettys Zimmer. Komisch was?« »In Bettys Zimmer?«, frage ich erstaunt und schaue Aaron entgeistert an.

»Stimmt etwas nicht?«, fragt die Iranerin, als ich innehalte und sie im Spiegel anschaue. Ich überlege, ob ich sie bitten soll, dass sie sich umdreht. Wir haben nicht mehr viel Zeit. Ich habe das Fenster geöffnet, um die Geräusche von der Straße hören zu können. Ein sich langsam näherndes Fahrzeug, das abbremst, zum Stillstand kommt und dann einen Augenblick lähmende und erschütternde Stille verbreitet, in der ich die erstaunlich schmalen Hüften der Iranerin festhalte, während sie ihrerseits ihre Brüste festhält und im Spiegel nach meinem Gesicht sucht. »Ist was?« Sie möchte sich am Ende sogar noch ein bisschen unterhalten, obwohl sie vorher so gedrängelt hat. Sie arbeitet tatsächlich als Personalmanagerin, und ich kann nicht in Erfahrung bringen, ob das eine Schutzbehauptung ist oder ob sie sich wirklich einfach nur noch etwas dazuverdienen will. Sie ist auch Zahnarzthelferin, und sie sagt, sie überlege, ob sie sich noch einen dritten Job suchen soll. »Wie alt ist denn dein Auto?«, frage ich sie, als sie sich darüber beklagt, dass ihr Auto so hässlich ist und dass sie sich mittlerweile schon schämt, wenn sie irgendwo an der Ampel steht. »Ja, das würdest du wohl gerne wissen«, antwortet sie, während sie ihre Schuhe anzieht. »Aber das verrate ich nicht.« In diesem Moment bedauere ich, dass sie die Schuhe nicht auch im Bett angehabt hat. Ihre rissigen, fast elefantenartigen Fersen irritieren mich für einen

Moment. Sie sagt, sie läuft immer barfuß. Ich schaue auf die beiden Palmen auf ihrem Rücken, während sie in den Spiegel schaut. Sich an ihren Brüsten festklammernd, die eine Hand auf dem Bett, die andere an ihrer Brust, stöhnt sie auf einmal. »Sei still«, sage ich. Ich sage es weniger aus Angst, dass es irgendjemand in der Nachbarschaft hört, sondern weil ich fürchte, es könnte eine Lüge sein. Etwas, das ich an diesem Tag vermeiden will. »Für wen sind denn die Pralinen?«, fragt sie, während sie mich küsst. Eine Schachtel mit belgischen Pralinen liegt auf einem kleinen Tischchen neben der Tür. Die ganze Zeit küssen wir uns, und ich frage mich, warum sie das macht oder ob das für sie ein selbstverständlicher Teil ihres Services ist. »Für meine Tante«, sage ich, »aber die ist blind.« Ich grinse sie an. Sie nickt, während sie sich ein letztes Mal an mich schmiegt und ihre halb geöffneten Lippen gegen mich presst. Sie grinst, ist merklich geschmeichelt. Die schönste Frau von San Diego. Später verlasse ich das Haus nochmal, um mit dem Taxi zum Supermarkt zu fahren und noch mehr Blumen zu kaufen. Die Gefühle der Schuld, die Gefühle der Düsternis, der Scham und Erschütterung finden keinen Ort, finden keinen Raum, sich auszubreiten. Schon auf dem Weg zum Supermarkt spüre ich auf einmal einen unglaublichen Sog, als würde ich zusammen mit dem Taxi und dem Taxifahrer ins Meer hineingezogen, das für eine Sekunde, als wir ein Stück bergab fahren, zwischen zwei Häuserreihen als schmaler dunkelblauer Streifen auftaucht. Als würde ich in dieses glitzernde Blau eingesogen werden. Ein Sog, der nichts anderes ist als das Gefühl der Sehnsucht, das sich auch nicht bannen lässt, als ich hundert Dollar für Blumen und andere Geschenke ausgebe. Das Licht strömt von der Küste auf mich ein. Das kalifornische Licht. Ein fernes unsichtbares

Feuer, das mit aller Kraft hinter der nächsten Biegung brennt und ohne auch nur die geringsten Rauchspuren zu hinterlassen in den Himmel hineinfeuert. Muss ich in so einem Moment souverän erscheinen? So tun, als ginge mich das alles nichts an? Wo ist der Schalter von KLM? Warum laufe ich nicht? Ich gehe zügig, aber nicht schnell. Den ganzen Tag in San Diego. Den ganzen Tag im Licht dieser plötzlich so harmonisch ausklingenden Reise. Aber ist das die Wahrheit? Die Wahrheit dieser Reise? Ist das alles, was unsere Beziehung zu bieten hat? Wer von uns beiden hat bei alledem etwas übersehen, etwas falsch eingeschätzt? Auf dem Weg zum John-F.-Kennedy-Flughafen. Zum Port Authority Bus Terminal. Auf der Bank im Fulton Park, zwischen den Brücken, die Brooklyn und Manhattan miteinander verbinden. Ist das der entscheidende Moment? Ich schaue mich um. Der Mann im Anzug, der im Shuttle telefoniert hat, geht in meine Richtung. Das Jackett locker über die Schulter geworfen, spricht er weiter ins Telefon. Sein Gesicht ist schneeweiß, und sein Haaransatz ist wie mit dem Lineal gezogen. Wer von uns hat den entscheidenden Fehler gemacht, die Lage falsch eingeschätzt? »Ich möchte, dass du den Mund aufmachst. Komm«, sage ich zu der Iranerin. »Ja. Noch weiter …« Ich schaue aus dem Fenster. Aber es geht so nicht. Wir müssen den Ort wechseln. *Wo hast du zum ersten Mal das Nachlassen der Liebe gespürt*, schreibe ich in mein Notizbuch, noch in der U-Bahn, auf dem Weg zum John-F.-Kennedy-Flughafen. Auf dem Weg zum Terminal 4. Hat nicht in Wirklichkeit alles ganz woanders angefangen? An einem ganz anderen Ort. Zu einem ganz anderen Zeitpunkt? Die Sonne, das Licht erhebt sich. Es kommt vom Meer. Das Gesicht hält das Licht auf, verdeckt es, dann kommt es wieder frei. Der Taxifahrer lehnt sich zurück.

Der Wagen rollt weiter, und das Licht strömt in ihn hinein. Ich sitze auf der Rückbank. Ich halte die Blumen und die Geschenke im Arm. Ich blinzele, halb geblendet, halb erschöpft vor Glück.

Teil Fünf

1

»Bist du wach?«, höre ich eine Stimme. Sie kommt aus großer Entfernung, und lange Zeit kann ich sie nicht richtig einordnen und mit keinem, den ich kenne, in Verbindung bringen. »Bist du wach?« Ich schrecke hoch, dabei habe ich nicht wirklich geschlafen. Plötzlich mitten in der Nacht aufzuwachen, kann das Schlimmste sein, was einem passiert. Bei einem Flug spielt es keine Rolle. Flüge sind davon ausgenommen, sie finden in einem Zeitvakuum statt und unterscheiden nicht Tag von Nacht. Man schläft ununterbrochen, und man wacht nie auf. Es ist kein wirklicher Schlaf, sondern allenfalls ein Dämmern im maschinellen Raunen und Dröhnen, das man irgendwann gar nicht mehr bemerkt. Die Nacht ist nicht das Problem. Die Nacht wendet sich ab, in einer kurzen Drehung, bückt sich, und dann gleitet man wieder aus ihr heraus. Ich würde wahrscheinlich noch immer schlafen, wenn mich der Schnauzbärtige nicht geweckt hätte. »Mads hat mir ausgerichtet, ich soll mich um dich kümmern«, sagt er. An dem Wochenende, als ich in Queens bin. Der Strom ist ausgefallen, aber in der zum Schlafzimmer umgebauten Garage bekomme ich davon nichts mit. Das Haus ist leer. Die Eltern des Schnauzbärtigen sind beide Psychiater, praktizieren aber nicht mehr. »Bist du wach?« Ich höre es auf einmal mitten in der Nacht. Die Matratze bewegt sich, das Bett gibt leicht nach. Das eigentliche Problem ist nicht die Nacht, diese eigentümlich düstere und surreale Party, die sich im Garten abspielt, sondern das, was danach passiert, und dass ich meine Pläne ständig ändere.

Das mit Holzpaneelen rundum verkleidete Zimmer hält die Hitze noch eine Weile ab. Noch am Flughafen umhüllt mich die kühle, besänftigende Luft, von der man doch weiß, dass sie unwirklich ist, als hätte sie ein Geist über einen geworfen. »Du darfst den Kreis nicht betreten«, sage ich zu Lambert, in einem Traum, den ich kurz vor meiner Abreise habe und in dem auf einmal alle Probleme, die ich mit ihm habe, gelöst sind. Ich träume, ich hätte ihn geheilt und die Therapie sei abgeschlossen und es sei alles in Ordnung. »Du darfst den Kreis nicht betreten«, sage ich zu ihm. »Das sind zirkuläre Prozesse. Kreisläufe, die dich nach unten ziehen.« Im Traum duze ich ihn auf einmal, obwohl es nicht den geringsten Anlass dafür gibt. Die cremefarbenen Holzpaneele rahmen das Schlafzimmer ein, ein komfortables Gefängnis in einem Haus, in dem erfolgreiche Psychiater wohnen, deren Sohn während ihrer Abwesenheit Sexpartys veranstaltet. Ich sage das in meinem Traum zu Lambert, ich sage es aus dem Bedürfnis heraus, ihm wirklich zu helfen. »Es hilft dir nicht weiter, wenn du deinen Vater verachtest, aber es hilft dir auch nicht weiter, wenn du ihn bewunderst.« Ich komme aus dem Konzept, obwohl es erstaunlich ist, wie geordnet und systematisch mein Traum ist. Den Kreis nicht betreten. Bestimmte Zonen, gedankliche Räume, emotionale Komplexe vermeiden. In den Gedanken materialisiert sich etwas. Das ist das Gewicht, das im Körper nach unten sackt und ihn schwer werden lässt. »Ich habe meinen Vater angerufen«, sagt Lambert im Traum. »Und?«, frage ich. »Hast du dich mit ihm versöhnt?« Es ist in der Nacht passiert. In der Nacht in Queens. Beim Einschlafen und beim Aufwachen. Die Anstrengungen, die Auseinandersetzung mit der KLM-Mitarbeiterin, die mich an eine ehemalige Klientin erinnert. Die Kraft, die ich aufbringen muss, um sie für mich einzunehmen und zu überzeugen. Ich weiß nicht, wie ich auf einen Kreis komme. Einen Kreis empfinde ich als etwas Schwieriges und Kompliziertes. »Ich habe meinem Vater versprochen, alles für mich zu behalten«, sagt Lambert im Traum. »Das bleibt unter uns, habe ich ihm gesagt. Das geht niemanden etwas an, und er weiß, dass er mir vertrauen kann.« »Das ist es, was Söhne tun«, antworte ich ihm. »Oder was sie nicht tun.« Es sind wirre Gedanken, ins Unreine gesprochen und ins Unreine geträumt. Der Schnauzbärtige leuchtet mir mit seiner Taschenlampe den Weg, während wir nach oben gehen. Die Treppenstufen, die vom Schlafzimmer zur Terrasse führen, sind mit Teppichboden ausgelegt. Ich habe keine Schuhe an, ich gehe barfuß nach oben zur Terrasse und stehe auf einmal in einem märchenhaft von Fackeln und Windlichtern erhellten Garten. Der gesamte hintere Teil ist dicht mit Bambus bepflanzt, und in der Mitte gibt es einen kleinen Teich. Der Garten eines Psychiaters. Ich komme erst später auf die Idee, eine Parallele zu ziehen und diesen Garten mit dem Innenhof in meiner Praxis zu vergleichen. Ein Gefühl großen Friedens erfasst mich. Niemand ist zu sehen, aber der Schnauzbärtige, der hinter mir steht, sagt: »Wir amüsieren uns alle. Warum machst du dir nicht einen Drink?« Er zeigt auf einen kleinen Glastisch neben einer Sitzgruppe, in der niemand sitzt. Mehrere Flaschen stehen auf dem Boden. In einer großen Porzellanschale liegen Eiswürfel, einige von ihnen schon halb geschmolzen. Ich setze mich in einen der Rattansessel, die mit weißen Polstern ausgelegt sind, unschlüssig, was ich tun soll und was das heißt. »Wir amüsieren uns alle.« Der Schnauzbärtige ist ins Haus gegangen. Es weht ein leichter Wind, der aber kaum Abkühlung bringt.

»Bist du wach?« Er schaltet seine Taschenlampe ein und leuchtet mir ins Gesicht. In Queens nehme ich ein Taxi. Am frühen Morgen, als es schon dämmert. Ich suche den Schnauzbärtigen im ganzen Haus und bin froh, als ich ihn schließlich allein in der Küche finde, wo er ein Glas frisch gepressten Orangensaft trinkt. Zum Telefonieren gehen wir wieder nach unten ins Schlafzimmer. Es ist das Zimmer, in dem er seine Jugend verbracht hat, erklärt er mir. Seine eigene Wohnung ist in einem anderen Stadtteil und viel größer, aber sie hat keinen Garten. Man sieht nichts von dem Geld, den Ergebnissen seiner Arbeit in der Investmentbank, deren Namen wie der einer berühmten Schauspielerin klingt. Zwischen den Anpflanzungen, den Erdklumpen am Rande des kleinen Bambuswäldchens, wo gerade etwas umgegraben wird, ist nichts zu erkennen. Er trägt ein weißes Hemd, khakifarbene Arbeitshosen und Sandalen, bei denen die Lederriemen bis zum Unterschenkel reichen. »Man weiß nie, was passiert«, sagt er. »Wenn man am Ende des Jahres keinen Bonus bekommt, kann man es gleich vergessen. Dann ist man am Ende.« Ich bleibe eine Stunde. Aber mehr aus Höflichkeit. Als ich in dem Rattansessel im Garten sitze, sehe ich auf einmal eine kleine Katze, die auf einem schmalen hölzernen Steg in das Dickicht der Bambusstangen hineinläuft, und stehe, magisch angezogen, auf und folge dem Tier. Noch immer weiß Judith nichts vom Schicksal unserer Katze. Ich habe ihr nichts erzählt. »Sobald du den Kreis betrittst«, erkläre ich Lambert in meinem Traum, »hast du schon eine Entscheidung getroffen. Du musst dir das wirklich als Kreis vorstellen. Es ist eine Zone, die du selbst definierst«, sage ich, nachdem die Versöhnung mit seinem Vater jetzt feststeht. »Der Kreis, einmal gezogen, schützt das, was sich in ihm, aber auch das, was sich außerhalb von ihm befindet.

Aber vielleicht fangen wir einfach einmal damit an, dass du mir etwas von deinem Vater erzählst. Du hast gesagt, er sei ein begeisterter Tennisspieler?« Der Traum ist zirkulär und fängt nach einer Weile wieder von vorne an. Schließlich bricht er irgendwann einfach ab und hört auf. Die Anstrengungen sind noch immer zu spüren, als wären meine Glieder und mein ganzer Körper durchgeschüttelt worden, als hätte jemand versucht, mich auseinanderzureißen. Ich rede auf diese Frau ein, mit Engelszungen, mit aller Kraft, die mir noch zur Verfügung steht. Mir kommt es so vor, als würde ich meinen Kopf nehmen und ihn vor ihr auf den Tresen des Schalters legen und sagen: »Hier. Jetzt schauen Sie sich das an. Das ist nämlich mein Ticket.« Ich folge der Katze. Ich laufe ihr hinterher. Sie bleibt ein paar Meter weiter zwischen den Bambusstangen am Rand des hölzernen Stegs stehen und schmiegt sich gegen die im Wind leicht hin- und herwogenden Gräser. Bambus, hat mir Mads Christiansen einmal erzählt, ist eine besondere Pflanze, die auch in seinem Buch vorkommt. Bambus ist die einzige Pflanze auf der ganzen Welt, die pro Tag bis zu einem Meter wachsen kann. In Hiroshima war Bambus nach der Atombombenexplosion die erste Pflanze, die sich auf den kontaminierten Arealen der Stadt wieder ausgebreitet hat. Die »Transferfrage« bei Bambus lautet: »Wann bin ich flexibel? Verbiege ich mich zu viel? Mute ich mir und meinem Unternehmen zu viel zu? Verliere ich meine Identität?« Die Katze huscht in das Gras unter dem Holzsteg. In dem Moment sehe ich die beiden Männer auf einem freien Platz ein paar Meter entfernt. Zwei Windlichter stehen auf Holzpfosten, und ich erkenne das Barett von Mads Christiansens Co-Autor. Ich höre das Rascheln des Bambus im Wind, schaue mit Wehmut der kleinen Katze hinterher, während Mads

Christiansens Co-Autor und der andere Mann sich auf einem kleinen Wiesenstück gegenüberstehen. Diese Szene, die auch von zwei anderen Männern beobachtet wird, ist wie eine zärtliche Poetisierung dessen, was auf dem Dampfer passiert ist, und die Gesichter der Männer, die sich mit den Händen stimulieren, sind in ein goldenes, weiches Licht getaucht, eine Epiphanie, die Variation eines Motivs, das ich schon kenne. »Bist du wach?«, fragt der Schnauzbärtige. Mads Christiansens Co-Autor ist ganz in Schwarz gekleidet, während die anderen Männer nackt sind. Ich schaue einen Moment zu, weil ich fürchte, es könnte auffallen, wenn ich mich sofort umdrehe und zurückgehe. Ich möchte nicht wie jemand erscheinen, der das hier nicht zu würdigen weiß, schließlich habe ich die Hälfte der Party ohnehin verschlafen. »Hast du noch was?«, höre ich ein Flüstern. »Was?«, antwortet eine Stimme. Ich gehe weiter, folge dem Pfad, der sich durch den Garten schlängelt, ohne dass ich weiß, was ich suche. Eigentlich suche ich nichts. Ich bin nur dabei, meinen Impulsen zu folgen, die mich in Situationen bringen, in denen ich etwas tue, was mich selbst überrascht. Ich erreiche eine kleine Mauer und setze mich dann eine Weile auf ein Stück Wiese. Es liegt ganz im Dunkeln. »Warte«, sage ich zur Iranerin, als sie das Kondom aus der Packung zieht. »Warte noch einen Moment.« Sie hält das Kondom in der Hand und dreht sich um. »Kann ich mit Ihrem Vorgesetzten sprechen?«, frage ich die KLM-Mitarbeiterin, deren Gesichtszüge herrisch und kühl sind. Als würden Drähte durch ihr Gesicht laufen, die sie mit ihren langen knochigen Händen reguliert. »Tut mir leid. So steht es in den Geschäftsbedingungen. Das können Sie gerne nachlesen.« Die Männer im Garten schweigen und verrichten ihre Arbeit. Ich höre immer wieder ein Rascheln und unidentifizierbare Geräusche. Sie stehen voreinander und agieren in aller Stille. Es sind Zeichen und Regungen, die nicht interpretiert werden müssen. Der Wind wird stärker, jemand hustet, jemand zieht die Nase hoch, jemand stöhnt aus tiefstem Herzen. Dann setzt ein Rhythmus ein, ein Takt. Ich versuche, nicht hinzuhören, indem ich die Augen zusammenkneife und in meinem Kopf ein lautes Rauschen erzeuge. Der Co-Autor mit dem Barett auf dem Kopf erscheint mir jetzt hemmungslos und verwildert. Vielleicht liegt es daran, dass er noch seine Kleidung trägt. Ich bin immerhin barfuß. Es ist vielleicht halb vier oder noch später. Ich überlege, ob ich auch Bambus anpflanzen soll, vielleicht an der Stelle, wo ich unsere Katze beerdigt habe. Es liegt am Wind, an diesem plötzlich aufkommenden Wind, den ich sofort mit dem Wind von San Diego verbinde, der über das Bambusfeld zieht, in dem die Freunde von Mads Christiansen sich miteinander vergnügen, während der Schnauzbärtige irgendwo im Haus ist. Seine Eltern sind nicht da. Die Starpsychiater aus Palo Alto. Das Haus ist dunkel, ein großer heißer Stein. Später, als wir zum Telefonieren noch einmal ins Schlafzimmer heruntergehen, ist es auch dort so heiß, dass ich froh bin, wenig später bei heruntergelassenem Fenster im Taxi zu sitzen, auf dem Weg nach Hause. Mit dem Gefühl der Betäubung, das sich kurze Zeit später in Erleichterung, dann sogar in Euphorie verwandelt. Judiths Besuch steht mir an diesem Morgen noch bevor. Wir werden ein unvergessliches Wochenende zusammen verbringen, denke ich auf dem Rücksitz im Taxi. Ob ich mir Bambus kaufen soll für unseren Garten in München?

2

Die Männer sehen wie Farmer aus, die im Feld zusammengekommen sind und eine Pause machen. Das Barett schaukelt hin und her. Was wäre gewesen, wenn Mads Christiansen dabei gewesen wäre. Warum warnt er mich nicht? Ich wache mitten in der Nacht auf, inmitten einer angenehmen kühlen und luftigen Leere. Die Orientierungslosigkeit hat etwas Beruhigendes, jedenfalls für den Moment. Ich muss alle Kraft aufbringen und mich gleichzeitig zusammenreißen. Aber es hat keinen Sinn. »Wollen Sie jetzt meinen Vorgesetzten sprechen oder nicht?«, fragt die KLM-Mitarbeiterin und hält mir den Telefonhörer hin. Langsam gehe ich auf dem Holzsteg wieder zurück. Diese Männer müssen sich nichts beweisen. Es sind Physiker, Naturwissenschaftler, zwei von ihnen sind vom MRI, wie mir der Schnauzbärtige später erzählt. Hätten sie nicht den Stromausfall in den Griff bekommen können? Überall im Garten und auf der Terrasse stehen Windlichter und Kerzen. Im Haus ist es stockdunkel. Die Party ist bewusst aus dem Haus in den Garten und in die Natur ausgelagert, um die Eltern des Schnauzbärtigen nicht zu beschämen oder um sie im Gegenteil erst recht zu beschämen. Ich höre ein leises Stöhnen, das langsam lauter wird, während ich die Sessel auf der Terrasse erreiche, wo ein einzelner Mann sitzt, den ich nicht kenne. Erst sehr viel später, erst am Nachmittag, als ich von meinem sinnlosen Ausflug nach Greenpoint zurückkehre, der diese Nacht schließlich beendet, kommt die Angst. Eine Angst, die nur für einen kurzen Moment unterbrochen wird, als ich mit Judith in dem koreanischen Restaurant sitze und sie auf einmal sagt: »Also ... Jetzt wollen wir doch mal sehen«, und dann breitet sie die Speisekarte vor sich aus, und ihr ganzes Gesicht wird vor Glück ganz weich und rosig. Die Angst lässt nicht nach. Auch der Vorgesetzte der KLM-Mitarbeiterin, der mich schließlich aus den Fängen seiner Kollegin befreit, kann sie nicht vertreiben. »Gehen Sie ruhig. Gehen Sie ruhig durch die Security.« Es löst sich alles in Wohlgefallen auf. Es ist ein älterer graumelierter Herr, der vielleicht bald in Pension geht. »Es ist ein Missverständnis«, sagt er. »Natürlich können Sie noch an Bord. Gehen Sie einfach durch die Security. Wir warten auf Sie.« Ich zwinge sie, nach New York zu kommen, und dann verbringen wir eine solche Nacht zusammen. Eine Nacht der Stille. Ich vergesse, sie zu berühren. Ich hätte ihr wenigstens einen Gute-Nacht-Kuss geben können. Ich brauche eine zweite Decke, aber es gibt für jeden Sitz nur eine. Einmal stehe ich auf, um auf die Toilette zu gehen, und als ich zu meinem Platz zurückkehre, sehe ich die Lichter in den Kopfstützen meiner Mitreisenden flackern. Niemand scheint ihnen noch groß Aufmerksamkeit zu schenken, während wir mit hoher Geschwindigkeit durch die Nacht fliegen. Die Filme laufen ganz für sich. »Hier ist alles still, und es passiert nichts«, fange ich in Gedanken einen Brief an Judith an, breche ihn aber wieder ab. Ich folge dem Pfad, der sich durch den kleinen Bambuswald schlängelt und auf einmal vor einer niedrigen Mauer endet, hinter der ein anderes Grundstück beginnt. Das Nachbargrundstück sieht genauso dunkel aus. Im ganzen Stadtteil ist der Strom ausgefallen. Rundherum sind alle Häuser dunkel und verlassen. »Bist du wach?« Es ist eine ganz vorsichtige Frage. Ich habe nachher das Gefühl, der Schnauzbärtige hat zugeschaut, wie ich im Garten seiner Eltern herumirre. »Ich würde es auch lieber drinnen machen«, sagt er, als ich zur Terrasse zurückkomme, wo er zusammen mit zwei anderen Gästen etwas trinkt. »Was denkst du? Sollen wir?« Und als ich nicht antworte und ihn nur erstaunt anschaue, das Glas mit den Eiswürfeln und dem Ginger Ale in der Hand, sagt er: »Hast du denn Lust, dass wir etwas zusammen machen?« Es hat etwas Fürsorgliches, wie er mir mit der Taschenlampe den Weg leuchtet, zurück zum Schlafzimmer. Er besteht darauf, ein Taxi zu rufen, und läuft dann sogar mit mir zur Straße, um sicherzugehen, dass es auch kommt. Er winkt mir zu und scheint nicht im Geringsten verärgert oder beleidigt zu sein. Judith lasse ich einfach so auf der Couch liegen, gehe morgens unter die Dusche und denke die ganze Zeit nur: Wir müssen diesen Spaziergang machen, wir müssen uns die Stadt anschauen. Ich breite die Decke über mir aus. Sie ist so dünn, dass die Luft der Klimaanlage einfach durch sie hindurchweht, und ich überlege, ob ich aufstehen soll, um nach einer zweiten zu suchen. »Liebe Judith«, fange ich in Gedanken an. »Ich schreibe dir erst jetzt, weil ich mein Notizbuch verloren habe. Es ist in meiner Tasche, und ich habe sie am Flughafen liegengelassen, direkt am Check-in. Ich wollte dich bitten, dass du …« Aber ich komme nicht weiter. Das Dröhnen der Klimaanlage und das Raunen der Düsenmotoren sind zu laut. Ich erinnere mich, dass ich einmal nachts aufwache in unserer Wohnung in München, und Judith ist noch nicht zurück. Sie ist mit ihren Freundinnen ausgegangen, und ich erinnere mich, welche Ängste ich ausstehen muss, als ich mir einbilde, es könnte ihr etwas passiert sein. Eine Stunde lang versuche ich, sie auf ihrem Handy zu erreichen. Ich rufe sogar Kyra an. Ich bilde mir ein, es sei etwas passiert. Wie leicht greift plötzlich das Schicksal in ein Leben ein und richtet Zerstörungen an. Verluste, die nicht mehr wiedergutzumachen sind. Ich muss sie anrufen, ich habe sie, seit sie nach Washington zurückgefahren ist, nicht erreicht.

Allerdings habe ich es auch nicht wirklich versucht. Die Angst, die ich jetzt bei diesem Flug habe, ist dieselbe, die ich auch am Dupont Circle oder in dem Hotel in Baltimore erlebt habe. Ich muss unbedingt eine zweite Decke finden. Vielleicht sollte ich aufstehen und eine suchen. Die Angst schnürt mir die Kehle zu, und alles, was ich mache, ist, stur nach vorne zu schauen und zurück nach Hause, zurück nach München zu fliegen. Ich fliege in die Angst hinein, in den Urgrund und die Quelle der Angst, als müsste ich sie bannen. Dabei flüchte ich doch vor ihr.

Rainer Merkel
Das Jahr der Wunder
Roman
320 Seiten. Gebunden

Mitte der 90er Jahre: Mit den neuen Medien hatte Christian Schlier bisher wenig zu tun. Jetzt tut sich eine glanzvolle Welt für ihn auf. Aber GFPD ist keine normale Agentur. Hier wird mehr verlangt als nur Arbeit: hier wird Freiraum gewährt und Erfolg erwartet. Christian scheint alles zu gelingen, die Euphorie wächst und das Privatleben schwindet. Er versucht das Unmögliche: erfolgreich und dabei glücklich zu sein. Euphorie ist jetzt überlebensnotwendig.

Silvia Bovenschen
Älter werden
Notizen
160 Seiten. Gebunden

Silvia Bovenschen spitzt Ereignisse und Erlebnisse aus Kindheit, Jugend und späteren Zeiten zu, die ihr das Altern ins Bewusstsein brachten. Sie ruft die prägenden und auch komischen Begegnungen mit Vergänglichkeit, Tod und Teufel, mit Zuversicht, Glück und Sehnsucht auf und misstraut doch zugleich der Erinnerung, die mit goldenem Pinsel malt.

»Es gibt Bücher, bei denen möchte man alle paar Seiten ein Buchzeichen einlegen, jede zweite Seite oben einknicken und fast jeden dritten Satz am Rand markieren, so sehr fühlt man sich von ihnen angesprochen.«
NZZ am Sonntag

»Ein sensationelles Buch.«
Denis Scheck, ARD Druckfrisch

»Lesen Sie alle ›Älter werden‹ von Silvia Bovenschen!«
Katharina Hacker

S. Fischer

Rainer Merkel
Das Gefühl am Morgen
128 Seiten. Gebunden

Rainer Merkel erzählt die Geschichte eines Mannes und einer Frau, deren Liebe zwischen Rausch und Zögern schwankt. »Das Gefühl am Morgen« ist eine Geschichte über die Faszination, dass die Liebe ist, wie sie ist, und die Angst, dass es so bleiben könnte.

»Man muss sich Rainer Merkel
als einen Schriftsteller mit absolutem Gehör vorstellen,
denn er ist ein Meister der Tonlage. «
Wieland Freund, Die Welt

»Rainer Merkel hat einen intelligenten Roman
über den Generationskonflikt geschrieben. [...] Geschickt
baut Merkel an der Irritation des Lesers.«
Hans-Peter Kunisch, Die Zeit